吳淡如白話經典

鏡花緣

——想像之極——

新說——吳淡如
原著——李汝珍

序 鏡中花、水裡月，編織一場神奇夢境

我看《鏡花緣》的時候，大概是小學高年級。那時候我非常著迷於古典小說，看的是白話簡寫版。

喜歡《鏡花緣》，是因爲這本書不一樣。裡頭的重要角色都是女人，和《紅樓夢》一樣，是個「文」場，非「武」戲，沒有兵戎相見。一位沒太精明的百花仙子和一百個花仙，她們都是女性。那個年代的章回小說，女人大部分都是什麼氏，沒有名字，這一百個花仙子，每個都有迷人的好名字，還對應了一百種當時存在的花卉。

這本書分成兩大半。前面爲歷險，後面是考試，前面比後面更富想像力。前半部寫的是唐敖、多九公和林之洋到海外做貿易的神怪傳奇，他們的航行目的，是爲了找尋流落到海外的十二個花仙子，把她們接回中原來參加科舉，完成命中註定的大團聚。

小時候分不出眞假，眞心以爲女人在武則天當女皇帝的時代可以參加科舉，其實不然。當時足以在朝廷爲官的女人，有名有姓的也只有上官婉兒而已。這位才女雖然權重一時，但自幼喪父（被武則天處死），中年在政變中被殺。雖有權謀，卻沒有正式的女官官職給她，以致於後來有人誤以爲她曾爲宮中嬪妃，命運其實是悲哀多於喜樂。

這個故事是以武則天時期爲書寫背景。一開頭就是一段天上傳奇：百花仙子在嫦娥的陰謀設計下，所管的百花在不應開花的冬季，竟然在武則天的花園裡盛開……武則天因此小小地自滿了一個早上，（命令百花盛開，好大的天威！）但是百花仙子卻因爲花期錯亂，得罪了玉皇大帝，遂領罰到凡間來待一輩子……投胎後，有個專爲女性舉行的科舉考式，讓百花仙子們在凡間碰了頭，功成名就，各完成她們的俗世任務，然後再圓滿回到天庭。

這個故事分爲兩大部分：前面一大半，三個男人出海尋找遺落在海外的花仙，拜訪各個國家，充滿了驚異傳奇；後面一半，百花仙子們經過重重困難赴京趕考，名列榜上。

它是一部充滿想像力的小說，所寫的時代是唐朝，但很多狀況卻是清朝，比如用八字合婚，還有纏足……等風俗。作者李汝珍應該沒有眞正出海旅行過，透過想像，把許多奇幻的國家，像君子國、黑齒國、白民國、深目國……描寫得很有趣。他參考了《山海經》等古籍，也混入了一些誇大的海外傳聞，這可能是因爲他曾經跟著做官的哥哥到海州（今江蘇附近的一個港城）居住，當時的海上貿易已經非常發達，水手們應該會帶來各式各樣的傳說，讓他對於出海這件事有著澎湃的嚮往。

李汝珍把自己和哥哥投影在書裡的兩個角色，唐敖和他的弟弟唐敏身上。唐敏一點也不想做官，沒事頂多教人家讀書識字或往哥哥家裡跑；唐敖，好不容易考上了進士，卻又因爲被人家參奏罷了官，沮喪到家也不想回去了，找了機會去雲遊海外。

李汝珍不喜歡八股文考試，也對作官沒興趣，花了幾十年寫這本小說，把自己的學問都放在裡頭。

從《鏡花緣》看來，李汝珍精通文學、詩詞、音韻、經學、文字學、醫學、算數、茶經、棋藝，還有植物學……多才多藝，在《鏡花緣》裡淵博地呈現著。

不過，本書賣弄學問之處大部分都被我刪除了。作者很明顯地想要在小說中秀出自己博大的學問。然而，這些繁複的討論常常讓故事凝滯不前，打斷了讀者的閱讀流暢度……爲了讓故事更流暢，不要讓枝枝節節的細冗學問打敗了讀者（比如書中的音韻學，討論的就是古代表音和注音方法，現在我們已經不用了），只能割捨。

而學問太多，加上人物太多，也使得多數女主角們的個性沒有被好好地著墨。李汝珍如果在世，對新說《鏡花緣》當然會很不高興。他的本意應該是把故事情節當成博物館的硬體，而被他充塞在裡面的學問，還有他的觀念才是博物館裡頭的重要館藏。結果，大家覺得建築比館藏好看！

時代相隔，興致不同，我們確實無法成爲他眞正的知音。這些篇幅在白話本或戲劇演出中被割捨，幾乎是後世改寫者的共同選擇。《鏡花緣》也曾數度改編成戲劇和卡通，最受歡迎的都是前半部唐敖的海外遊記的部分。

胡適非常欣賞《鏡花緣》。他曾經寫過《鏡花緣》的研究，說它：「將來一定要成爲世界女權史上一篇永不朽的大文……在中國女權史上占一個很光榮的位置。」

他說：「李汝珍所見的是幾千年來忽略了的婦女問題。他是中國最早提出這個婦女問題的人，他的《鏡花緣》是一部討論婦女問題的小說。他對這個問題的答案是，男女應該受平等的待遇，平等的教育，平等的選舉制度。」

但在我看來，李汝珍是矛盾的。

他的觀念的確比當代人新，例如：《鏡花緣》裡最讓人拍案叫絕的是，英俊的商人林之洋被女兒國的國王看上，強迫他當王妃的情節。女兒國是男主內，女主外的，男人只能在家裡做家事。從大唐來的林之洋在和國王洞房花燭夜之前，被迫纏小腳（這是清朝的民間普遍習俗）當王妃，弄得他兩腳流血腐爛像殘廢了一樣，不聽話還要被打，沒多久就被教訓得乖乖的。還好唐敖把林之洋救了出來。這段描寫表露了他對三寸金蓮這種荒謬審美觀的不以為然，借此情節抒發。他當然也主張讓女孩子讀書寫字，並且認為女子才華不比男人差。

但正如不少學者認為胡適對《鏡花緣》女性主義之推崇的言過其實，我也不認為這是一部討論婦女問題或主張女權的小說。

如果李汝珍眞是女權主義者，他就不會把主軸放在：唐敖反對武則天這位女皇帝「篡位」，同情駱賓王，以及徐敬業的起義失敗，讓女兒唐小山改名為唐閨臣……他希望給才女們尊重，卻反對女人當皇帝。這當然有邏輯上的問題，也脫不了重男輕女的古老傳統。然而，他對於當時女子的處境的確是同情的。

活在清朝，文人當然得怕文字獄。在我看來，李汝珍也不是眞的對武則天反感（他在《鏡花緣》裡頭對武則天形象的描寫只是有些霸道，基本上沒有太惡言相向），而是企圖在小說裡微微寄託漢人被異族統治的無奈。這個無奈，現實世界中怎麼說得出來？只能借著鏡中花，水裡月，一本充滿想像力的小說，來抒發自己的悶！

這個小說有個還算快樂的結局：百花仙子在女科舉中團聚了，唐敖和唐閨臣後來都修煉仙道去了。我看小說時，常常會想：如果不這樣安排，可否有更好的結局？其實，沒有。在那個年代，文人當不了官，現實無路可走，就剩修煉仙道一途。沒有別的好路，實在悶啊！

逐浪隨波幾度秋，此身幸未付東流；
今朝才到源頭處，豈肯操舟復出遊？

這是李汝珍寫的詩，所謂源頭，未必眞是求仙求道，只是希望不假外求，功名看淡，仕場無心，除自身修煉，其他都是一場虛僞的夢境。然而，那淡淡微微的遺憾，也不是未曾有過。

《鏡花緣》一直被稱爲神魔小說。我希望能用現在的語言稱它爲：充滿想像力的神奇冒險故事。其實，所有的章回小說都有神魔部分。就算現實意味濃厚的《三國演義》《水滸傳》《紅樓夢》裡也有。對作者而言，託之於鬼神，比較能夠輕鬆解決主人翁遇到障礙時的困境，而讀者們也很喜歡這樣的玄怪離奇。那樣的時代，一點點想像力都可以爲人們的思想安上隱形的翅膀，脫離現實世界的無助與無奈。

眞正的神魔小說，應該是傳播某種仙道思想的，但是《鏡花緣》主張的並不是迷信，不是輪迴，不是因果報應，它是一個博學的文人用小說來展現自己的學問和見解，描繪現實之外的另一個奇妙世界。

《鏡花緣》這個書名可以這麼簡單解釋：人生一世，只是鏡中花、水裡月，一場投射在無涯宇宙裡的夢境。不過，當我是個小學生時，它對我是極有勵志意義的：我想像著自己也可以成爲那些很有學問的才女們（雖然書中這些才女們風光考上科舉後，也只能帶著獎狀回家嫁人，因爲以作者豐富的想像力還眞不知道該如何爲她們編寫嫁人後下半輩子的生活），那些可愛又奇怪的海外航行也讓我認爲：「等我長大後，一定要出海去看一看啊……」（雖然跟著出海的女人大部分時間都待在船艙裡，根本沒有上岸去冒險……）無論如何，它也啓發了我到海外經商的念頭。海外做生意，很酷啊！

如果中國古典小說中沒有《鏡花緣》，就像英美小說裡沒有《格列佛遊記》一樣。它沒有那麼常被提起，卻躺在一個安靜美好，不容忽略的角落裡。

CONTENTS

1 百花仙子觸犯天條入凡間

如果不是因為幾百年前，在王母娘娘的壽宴上得罪了嫦娥，百花仙子隨口發了毒誓，百花仙子也不會和姐妹們一起被貶下凡塵。

那一天，百花仙子和她的朋友百草仙子、百穀仙子，一起駕著雲到崑崙山赴王母娘娘的蟠桃宴。

一起赴宴的，還有各路神仙。

盛宴中，大家都享受了王母娘娘賜下的蟠桃，百鳥仙子和百獸仙子和仙女們一起歌舞，讓跟著她們一起來的仙童們，變成了各色禽鳥和野獸，贏得滿堂彩，王母娘娘看了笑容滿面。王母娘娘也把百花仙子帶來的百花釀賞給仙人們飲用。

天庭裡最會惹事生非的，就是愛挑撥是非的嫦娥了。嫦娥和百花仙子向來交情不好。嫦娥一邊喝著百花釀，一邊故意對百花仙子說：「百獸大仙和百鳥大仙可都獻出絕活了，妳怎麼不讓妳那些百花仙女一起來這裡獻花，百花齊放，幫王母娘娘祝壽，讓大夥兒更盡興了？」

這可難倒百花仙子了。因爲這可是有天條規定的，在不對的時節開花，觸犯天條，是大罪。百花仙子一板一眼地說：「什麼時候該開什麼花，玉帝都有嚴格規定，不能亂了季節。要更改百花顏色，也都得上奏章讓玉帝批准，怎麼能說開就開？我膽子小，不敢自做主張，我可不像您膽子大，敢吞不死的靈丹飛向月宮呢！」

嫦娥不是笨蛋，聽得懂百花仙子話裡的諷刺意味，很不高興地回話說：「哼，我看是妳不肯賣王母娘娘面子，算了！」

百花仙子說：「妳這麼說就過分了。我讓百花齊放，觸犯天條，可是要下凡受苦的，妳明明知道，何必強人所難！」

嫦娥聽了不再吭聲。但心裡卻一直記恨著。

過了幾百年後，某一年寒冬，嫦娥終於得意地笑了。

寒冬沒花可開，百花仙子閒得很，就駕著雲跑去找她最好的朋友麻姑下棋。

正在聚精會神想贏一盤棋時，悲劇就發生了。

當時在人間當皇帝的，正是女皇武則天，她是天上的心月狐狸下凡投胎轉世的。心月狐狸下凡投胎之前，曾經到月宮向嫦娥辭行，嫦娥暗暗叮嚀她，這回下凡當女皇，一定要記得，用她的威權讓百花盛開，看那個討厭的百花仙子，到底依還是不依？

這年寒冬，武則天和她的女兒太平公主一起飲酒賞雪，要才華洋溢的上官婉兒做詩助興。喝得醉醺醺的時候，武則天忽然聞到了一股清香，原來上林苑的梅花已經悄悄地開了。武則天當下決定到上林苑賞花。

太平公主說：「現在去上林苑做什麼？除了梅花，什麼都沒有！」

武則天趁著醉意使起性子來：「我是皇帝，我可以命令百花盛開！」

路過群芳圃，果然除了水仙、迎春等植物，其他的都只剩枯枝！大家勸武則天就別往上林苑去了。太監也趕緊來報告，奉承說：「奴才去看過了，因為您沒下旨，所以沒有花開！」

這下可好了。武則天竟然要人拿來紙筆，帶著醉意親筆下了命令：

明朝遊上苑，火速報春知，花須連夜發，莫待曉風催！

要太監貼到上林苑去，讓百花都聽命行事。太監當然照做了。

當時值班的是蠟梅仙子，她看了非常著急，趕緊往天上送信。但是卻沒人找得到百花仙子。

不聽命令，人怕被斬首，花怕被根除。世間所有的珍奇花卉都集中在上林苑，一旦被斬草除根，可能就會在人間絕種。上林苑的土地公也慌張地跑來催促，蘭花、桃花、菊花、桂花等仙子都緊張得發抖，找不到發號司令的百花仙子，她們只好硬著頭皮到上林苑奉旨開花。不久，幾乎百花都應武則天要求開了，只有牡丹仙子還努力地在天上成千上萬個仙洞中尋找百花仙子的下落。

第二天，武則天一醒來就接到了報告：奇蹟發生！上林苑的各種花卉都在雪中盛開！連夏季才開的睡蓮，都在還沒解凍的水面上探出頭來，蔚爲奇觀，唯一沒開的，就是平日武則天最喜愛的牡丹花！

武則天生氣了：「我最喜歡牡丹，冬天要人用布幕遮住牡丹來避寒，夏天又叫人爲它搭篷子避暑，三十多年來從來沒有虧待過它，竟然只有它辜負我！」

她要太監們在上林苑二千多株不同品種的牡丹旁燒炭，對牡丹處以薰枯枝葉的嚴刑。「再給妳一天時間，如果不開花，我就把這二千多株牡丹搥個粉碎！」

牡丹仙子唯恐天下珍貴牡丹因而絕種，也顧不得還沒找到百花仙子，立刻奔到上林苑，轉眼之間，牡丹花株株含苞待放，就連那些被炭火薰枯的植株，也一樣開出鮮豔嬌嫩的牡丹花來！這就是後來淮南知名的「枯枝牡丹」的由來。

然而，牡丹花最晚開這件事，還是讓武則天很不高興，她把上林苑牡丹都挪到洛陽去種，後來牡丹也被當成平民百姓的藥材使用。

這些驚天動地的事都發生在百花仙子和麻姑下棋時。五盤棋結束，一出洞口，百花仙子實在不敢相信自己的眼睛：到底發生了什麼事，凡間竟然百花齊放……我沒下令啊……

玉皇大帝可不聽她的委屈，天庭當差是不會考慮休假時間的問題。無辜的她就這樣犯了天條，和她管理的一百個花卉仙子一起領受懲罰，到凡間投胎！

2 失意進士出海學貿易

從天上掉落人間的花仙，究竟去了哪裡？

話說，凡間有兩個住在嶺南的兄弟，一個叫做唐敖，一個叫做唐敏，兩個人都是讀書人，喜歡讀書，也愛遊山玩水，還好父母留給他們一些田產，可以豐衣足食過日子。

唐敖的夫人林氏在這年生了個女兒，女兒出生三天內，家裡神奇地充滿著各種香氣。懷孕時林氏曾夢見自己在攀爬五彩峭壁，所以把女兒取名叫小山。隔兩年，又生了個兒子，叫做小峰。

唐小山不但漂亮，而且從四五歲就喜歡讀書，過目不忘，還很好動，喜歡像男孩子一樣舞槍耍棒，父母也擋不了她。

唐敖是個秀才，每年都去應考。唐敏也是個多才多藝的秀才，但無心做官，所以沒有積極參加考試。這天唐敏陪著唐小山聊天，小山問叔叔說：「女人可以參加考試嗎？」

唐敏笑了：「我只知道醫書有個『婦科』，倒沒聽過科舉有女科。雖然我們現在有了女皇帝，但朝中並沒有女人當大臣！」

唐小山說：「這沒道理，如果我不能當女秀才、女丞相，那讀書做什麼呢？我還不如好好學針線！」

然而，天生不是這塊料，她跟著母親和嬸嬸學了幾天針線就覺得無趣，還是回過頭來讀書。唐小山十分聰慧，談起書中道理，唐敏常常說不過她。雖然生長在偏僻的嶺南地區，但口耳相傳下，大家都知道小山是個才女。

這年，唐敖考上了進士，而且還是個第三名，中了探花，沒想到卻被人檢舉，他曾和反對武則天當皇帝的徐敬業、駱賓王、魏思溫、薛仲璋等結拜過。所以探花這個頭銜很快就被取消了。

唐敖心裡很悶，離開京師之後，乾脆遊山玩水，玩了半年，玩到第二年春天快到的時候，才回到嶺南，先到了大舅子林之洋家。這林之洋是做海上生意的，常常出海買貨物回來。

林之洋也有個十三歲的女兒，叫做林婉如，清秀又聰明，也常常跟著父母飄洋過海。

唐敖在林之洋家見到了婉如，隨口問林之洋：「你不是沒讓女兒讀書識字嗎？爲什麼兩年不見，變得一臉書卷氣？」

林之洋說：「我這幾年忙，沒空教她讀書，但她喜歡寫字，每天拿著字帖臨摹。就這樣而已。」

唐敖看了林婉如的字，原來她寫的是隸書，寫得跟帖子上一模一樣，甚至還有幾個字寫得比原來的帖子還好！

唐敖要林之洋讓婉如讀書，林之洋說：「那就麻煩你和小山教她了。我最近還得帶著一批貨物出海販賣，以免在家坐吃山空。」

唐敖一聽可高興了，他經過這一番波折：好不容易考上探花，又被人參奏，考上也等於沒考上，心裡還是很不舒服，也自覺無顏回家見親人，馬上要求和林之洋一起出海。

「這一去要兩三年，你眞的想去嗎？」林之洋懷疑地看著他。

唐敖對於做官這件事已經絕望了，堅持要一起出發。他先寫了一封信給妻子辭別，又拿了身上剩下的銀子到市場裡買了花盆和生鐵，要到海外去賣。

林之洋勸他：「花盆很難賣，鐵更是到處都有，有什麼用處呢？」

唐敖卻堅持，海外應該也有愛種花的人，而鐵的重量可以壓得住船艙，省得風浪顚簸，林之洋雖然很不以爲然，心想：「眞是個不懂生意的書生！」但東西買了也沒辦法退貨，只好讓人把這些他認爲賣不出去的東西搬到船艙裡。

唐敖買了花盆出海，是因爲之前他做了個夢。夢見一個老翁對他說，天上有一百個花神被貶到凡間來，其中有十二位花神降生在海外，老翁告訴他：「只要你能夠找到那十二位流落海外的花神，你將來就可以成仙。」

夢境非常眞實，他寧可信其有。這下有了航行機會，也就可以驗證夢境是否眞實。

婉如也跟著出海，唐敖在船上教她讀書，一點也不無聊。不久，航行到了東口山，唐敖很早就聽說附近有君子國和大人國，還有黑齒國，想要上岸去看看。

林之洋邀請了船上的舵手多九公同行。林之洋這樣介紹多九公：「他是我的遠親，也是個奇人，以前讀過許多書，什麼都懂，但不管怎麼考試都考不上，只好放棄了考試，到海外做生意，做生意又做不好，只好幫人家掌舵。雖然他八十多歲了，但還是健步如飛。請他來當嚮導，一切不成問題。」

三個人一上岸，就被一些空中掉下來的石子打到，抬頭一看，原來是一群黑鳥，啄了石塊來打人。

多九公說：「這些鳥長得像烏鴉，嘴是白的，腳是紅的，頭上還有花紋，他們喜歡搬石頭，跟上古時代的一個少女有關係。這個少女在東海游泳，淹死在海裡，靈魂化做了這種鳥，因爲討厭海，想要報仇，於是每天銜石頭丟進海裡，想把海塡平。」

不久，又經過了一個樹林，裡頭的樹長得又高又大，樹幹上沒有枝節，卻長著像稻穗一樣長長的東西。多九公說：「這叫木禾樹，結的米非常好吃，每顆米有三寸寬，五寸長。」

唐敖驚訝地說：「這米如果煮成飯，可不就有一尺長？」多九公說：「這不算什麼！我以前在海外曾吃過一個大米，足足飽了一整年呢。那種米吃了滿口芬芳，就算一年不吃東西，精神也好得很！」

不久又看到一個小小的人，騎著一匹只有七八寸的小馬，在他們眼前飛奔而去。唐敖看了，趕緊追著跑，一個箭步，抓住那一人一馬，吃進肚子裡。

原來那一人一馬叫做「肉芝」，也就是肉靈芝。唐敖曾看過古書，說吃了肉芝可以延年益壽，沒想到一出海就給他碰上了。

「唉呀，那妹夫你可不就成了活神仙？有沒有剩條腿留給我？」林之洋笑著說。

多九公聽了，隨手在草叢裡摘了幾株青草，說：「你餓了嗎？吃了這草，就不覺得餓了！」唐敖也聽說過這種草：「這是不是叫做祝餘草？」

多九公說：「正是。只可惜它只要離開土，不一會兒就枯萎了，吃不得，否則該摘它一擔，我們就不怕沒東西吃了！」

唐敖看林之洋吃了祝餘草，也在草叢中找到了另外一種植物，放進嘴裡邊說：「我曾讀過書，知道這叫做躡空草，只要吃了這草，往上一跳，就算離地很遠，站在空中，也能站得極穩！」

這草連多九公都未曾聽說過，唐敖往上一跳，果然像站在半空中一樣，他眼前的兩人才信了。

身輕如燕的唐敖輕鬆地穿過樹林，走過峭壁，繼續尋找奇花異草。沒多久他又在路旁石縫中找到了一株長兩尺，長得像海中珊瑚，鮮紅得像血一樣顏色的仙草。

「如果這是傳說中的朱草，那麼，就算是金玉那麼堅硬的東西，碰上朱草也會變成爛泥。」唐敖身上沒有黃金，只有一個小小的玉牌，於是他把朱草折斷，流出汁液，和玉牌一起放進手掌，果然不一會兒就把玉融成泥，與朱草汁液一起搓成紅色的泥丸，放進嘴裡嚼，香味直傳到腦裡，更覺得精神百倍。在一瞬間，他迅速想起了自己從小到大讀過的所有詩書，沒一句忘記。只不過不久就覺得肚子痛，放了很臭的響屁。這臭氣出了身體之後，那些讀過的書，瞬間又都不記得了。

因爲吃了躡空草，唐敖走得比林之洋和多九公快許多，林之洋和多九公慢慢地趕上來。

「看，那就是果然！」多九公指著另一頭的山坡說。

那是一頭長得像猿猴，全身白毛，白毛上又有黑色花紋的野獸，身長大概四尺，尾巴比身子還長，長到能盤到頭上去還綽綽有餘。那頭「果然」對著一頭死獸，在那兒痛哭流涕。

「牠怎麼了？」林之洋問。

多九公說：「這叫做果然的野獸，個性最忠義，獵人們爲了要牠的毛皮，常常捉住一個，打死了丟在山坡上，其他的果然看到就會在那兒爲同類大哭，就算獵人來了，他也不跑！看來這隻果然又中計了！」

忽然之間，一陣怪風吹來。三個人連忙躲在樹林裡。風吹過之後，有一隻看來像大老虎的動物撲了過來，咬住那隻死掉的果然。

就在這時，一支箭射中了老虎的眼睛，老虎大叫一聲，四腳朝天，瞬間不能動彈。

「這種箭上頭塗了毒草的汁液，只要中了這個箭，不管是什麼猛獸，血管裡的血都會凝固！能夠一箭射中老虎眼睛，本領必然高強！」

一個一身白衣的貌美少女出現了，從腰間拿出了刀，把老虎的胸膛剖開，拿出了血淋淋的一顆心，提在手上。

看著少女膽子如此大，林之洋拿起手中的火槍，故意放了一槍，嚇了少女一跳！

少女看到這三個人的裝束，就知道他們是從中原來的，一聊起來，唐敖發現她竟然是自己結拜兄弟駱賓王的弟弟的女兒，叫做駱紅蕖！

駱賓王討伐武則天失敗了，駱賓王的父親只好帶著駱紅蕖的母親逃亡海外，當時駱紅蕖還在母親肚子裡。

「我母親去年被老虎弄傷，後來就過世了，所以我發誓爲母親報仇，要把這山上所有的老虎都殺掉！」駱紅蕖說。

駱紅蕖帶著他們三個人拜訪了隱居在此地小廟裡的駱賓王父親駱龍。

「我們逃到這兒十四年了！」駱龍十分感嘆：「當年，我叫我兒子駱賓王別做傻事，他偏不聽，害我們流亡海外！我自己回不去了，再活也沒幾年！但是希望你能夠把我孫女帶回中原！」

駱紅蕖說什麼都不肯走，一定要留在這裡侍奉年邁的祖父，於是他們約定好，等到回程時會再來這裡，將駱紅蕖帶走。

駱紅蕖知道他們還要航行，告訴他們：「當年一起起義的薛仲璋，有個女兒薛蘅香也流落海外，聽說正住在巫咸國。您可以幫忙找到她嗎？」

那也是林之洋此行的必經之路。

回到船上，林之洋把大米拿給妻子和女兒看，她們都嘖嘖稱奇。這下子，也不愁船上會絕糧了。接著，多九公下令水手揚帆，航向下一個目的地：號稱禮義之邦的君子國。

除了走走看看，尋找這些失散在海外的叛亂者家族，也就變成了唐敖心裡掛念著的任務。

3 拯救落難少女

唐敖早就聽說，君子國的人，好讓不爭。

這個國家人的穿著和唐朝一模一樣，城裡頭人很多，商店一家接著一家。人們非常有禮貌，氣氛非常詳和。

他一路問人：「爲什麼你們叫做君子國？」路人都說不知道，顯然君子國是其他國家的人幫他們取的國名，他們自己並不知道原因。

來到鬧市裡，他們看到一個人在買東西，手裡拿著貨物，說：「這麼好的東西，卻只賣這麼便宜的價錢，我良心實在過意不去！老板，請你加價吧！」

老板說：「我做生意是有原則的，說一就是一，跟你要這個價錢，我已經有利潤了，如果你還覺得太便宜，去別家買吧！」

唐敖聽了，小聲地對多九公說：「買東西的人都愛討價還價，這裡買東西的人卻要求賣方要加價，也太稀奇了！」

那兩個人爭論了半天，買的人爭不過，付了同樣的錢，卻只拿一半的東西就要走。老板不讓他走，兩人相持不下，旁邊有兩個老翁主動來主持公道，最後要買的人拿了八成的貨物走，紛爭才停止。

這種狀況在市場裡到處都是。唐敖又看到一個買菜的軍人在跟老板理論：「剛剛我問你多少錢，你說要我隨便給，我隨便給，你又怪我給多了！你到底想怎樣？！」

老板說：「我的貨色不夠新鮮，沒有別家的菜漂亮，這樣吧，你拿一半錢回去！這個價格我不敢收！」

軍人說：「你這麼好的東西，收我這麼少的價格，欺人太甚！」

唐敖在心裡暗暗稱奇：「這可不是一切都反過來了嗎？這個國家的風俗好奇怪呀！」

不遠處，又有一個買東西的農人正在和商人爭執，農人買了東西，丟了銀子就要走，商人卻拿秤來仔仔細細地秤銀子，覺得農人給的銀子太多，農人說：「沒關係，先放你這兒，改天再扣！」

商人說：「這可不行！去年有個人也這樣子，把多餘的銀子留在我這裡，我找了一年都找不到他！這可是讓我下輩子都得要還他債的，不行不行！」農人只好多拿了兩樣東西走。商人還嫌他拿得少給得多，農人卻自顧自地走遠了。旁邊剛好有個乞丐走過去，賣貨人自言自語說：「占人家便宜，下輩子會變乞丐，多餘的我才不拿！」然後把多拿的都送給乞丐了。

唐敖和多九公走走逛逛，遇到了兩個老人，這兩人是兄弟，一個叫吳之和，一個叫吳之祥，聽說旅人們來自大唐，非常高興，邀請他們到家裡喝茶。盛情難卻，兩人到了吳家，吳家的布置非常高雅，綠意盎然。

原來，吳家這兩兄弟都是進士出身，看來家境富裕，每天過著悠閒的生活。他們跟唐敖討論起大唐的風俗，吳之和說出自己的見解：「人說，入土爲安，但是聽說你們那邊在辦完喪事後，常常爲了選風水，求後世子孫富貴，會聽從算命先生的話，把父母的棺材放著，久久不入土，有的甚至還在廟裡放了幾十年，放到忘記埋了，做人子孫的，這樣未免也太狠心了。在我看來，『積善之家，必有餘慶』，如果想要讓後世子孫大富大貴，替父母多做好事，積陰德，不是更好嗎？二位有什麼看法？」

唐敖和多九公正想回答，吳子祥說話了：「我也聽說你們國家，一生了孩子，剛出生，滿月、百日、一歲都要慶生，而且還鋪張浪費，大擺酒席，殺了不少豬羊雞鴨。俗話說，上天有好生之德，爲了慶生，卻傷了無數生命，實在沒有道理。你們覺得對嗎？」

吳之和又接著說：「我也聽說你們很喜歡打官司，花了很多錢，就是爲了爭一口氣，硬要弄些理由讓對方難看，官司還拖很久，欲罷不能，告來告去，有些人專門唆使人打官司，暗中收取利益，在我看來，官司根本是不值得打的，越打運氣越差！我還聽說，你們請客吃飯，一定要請客人吃最昂貴的食材，比如燕窩。它在你們那裡比什麼都貴，根本長得像粉條，吃起來還像在嚼蠟一樣，一點也不好吃，就算放在雞湯裡，喝的也只是雞湯而已！我們這裡到處都是燕窩，吃不起米飯的窮人才吃他！眞是好笑！」

不等兩個大唐來的人辯解，吳之祥又說了：「聽說你們那邊三姑六婆很多，這些女人專找女人下手，敗壞風俗，卻又不敢得罪她們。還聽說你們那裡的後母，都會虐待前妻的兒女，甚至會害死前妻的小孩，實在太可怕了！」

吳之和說：「還有還有，聽說你們那邊的女人流行纏足，弄到自己腳上皮肉都爛了，鮮血淋漓，睡不著也吃不下，這是爲了要處罰女人嗎？兩腳殘缺走不動被當成了美學，實在太好笑了！還聽說你們那兒男女結婚都要先算命，八字不和、生肖不和，佳偶也會被人拆散，這實在太殘忍了……」

兩人滔滔不絕地質問，正說得口沫橫飛時，家裡的僕人慌張地來報告：「稟告二位丞相！國王說有大事要找二位商量，不久就會到了！」

唐敖和多九公一聽，趕緊告辭，但心裡頭只以為這是主人的逐客令。多九公想：「編理由編出國王要來，還稱兩位是丞相，這也太扯了！」沒想到走到了外頭，人家才告訴他們，這吳氏兄弟的家就是丞相府。

唐敖和多九公回到船上，林之洋也做完生意回來了。「這裡生意不好做，因為商人來這裡一定會賺錢回去，來得很多，什麼都不缺，賣不到什麼好價錢！」林之洋笑著搖頭。

船正在開的時候，他們收到了吳家二兄弟送來的點心，香瓜和燕窩，林之洋很高興，這正是他求之不得的貨物，笑得嘴都合不攏。

船往前開不久，就聽到有女人在喊救命。

唐敖出了船艙，看見旁邊有一艘大漁船，船上站著一個漂亮少女，全身溼淋淋的，穿著魚皮衣魚皮褲，胸口斜插著一支寶劍，被人綁在船桅上，旁邊站著一個漁翁，一個漁婆。

唐敖問女子：「妳是何方人氏？爲何這樣打扮？是失足落水還是有意輕生？快把實情講來，以便設法救妳。」少女跟唐敖說：「我叫廉錦楓，住在君子國水仙村，我父親本來是做官的，卻在戰爭中陣亡，從此我家家道中衰，我母親身體不好，只能吃海參，君子國沒有人賣海參，所以我都自己下海去捕，沒想到被他們當魚抓住了！」

唐敖轉頭問漁翁：「你爲什麼要把人家綁起來？」漁翁說，他是青邱國人，來君子國打魚，沒打到魚，卻撈到一個女人，要把這女人拿去賣了換錢。

唐敖要漁翁拿十貫錢放了這個少女，漁翁不肯，林之洋生氣了，說：「魚網網到魚，當然是你的，但是你網到的是人，不是魚，你是瞎了嗎？這個閒事我非管不可！」於是跳到那大漁船上要搶人。

漁婆大聲哭鬧，說他們是強盜，要跟他們拚命，唐敖問漁翁，要多少錢才放人？漁翁說，要一百兩銀子才行。唐敖二話不說，到船艙裡取出了一百兩銀子，贖了廉錦楓。而且還送她回家。

廉錦楓回家前，要他們等她，說要下海再捕幾條海參給母親吃，下了海許久，上來時身上帶著血跡，讓他們嚇了一跳。

廉錦楓手上捧著大明珠，對唐敖跪下，說：「我剛剛殺了一個大蚌，拿了一顆明珠，恩人一定要收下！」原來她身上的血，是大蚌的血。

唐敖推了半天推不掉，只能收下明珠。

他們跟廉錦楓回到水仙村，見到了她的母親良夫人。聊起來，廉家也是嶺南望族，在南北朝時爲了逃難躲到海外，在君子國成家立業。唐敖的曾曾祖母也姓廉，推算起來，原來唐敖跟良夫人是平輩。

良夫人還有一個兒子，叫做廉亮，長得眉清目秀。看得出來也是個讀書人。良夫人請求唐敖帶他們回大唐，唐敖答應返航時再來拜訪，將他們帶回去。對於孝順又有禮的廉錦楓，唐敖是越看越中意，心想：她要是能來當自己的兒媳婦該有多好！

離開了君子國，就是大人國了。聽說大人國裡，人不會走，只能乘著雲，這必然是一種奇觀！唐敖十分好奇，要多九公不管走多遠都要帶他去拜訪。

4 各有特色的奇異國度

大人國的國土被高山包圍著。只有大人國的國民可以輕易進入，因爲他們的腳並不是用來走路的，每個人腳下都有一朵雲，乘著雲，翻越多高的山都沒有問題。

唐敖、多九公和林之洋腳下沒有雲，停了船之後，穿山越嶺，費了好大功夫，還迷了路，還好在山中找個一個小廟。裡頭有個老頭子，一手拿著酒壺，一手拿著豬頭，正要進廟門。

唐敖問他：「請問，這是什麼廟？裡頭有沒有和尚？」

老頭把酒和豬頭放進房裡後，對唐敖他們說：「這是供觀音的寺廟，我就是和尚。」

「你是和尚，爲什麼還留著頭髮？」

「你們是從大唐來的才會這樣問吧？在我們這裡，和尚不必剃頭，我從小在這裡看守著寺廟，我就是和尚，我老婆就叫尼姑。我們也不吃素！」

唐敖問：「聽說你們國家的人，腳下都有一朵雲，是出生就有的嗎？」

「是呀，天生就有。嬰兒一出生，如果腳上帶著五彩雲，就是最尊貴的身分，再來是黃色，其他顏色等級都差不多，最差的是黑色！」

和尚指引了一條捷徑，讓他們很快進入了大人國。大人國的市集裡也很熱鬧，和君子國不同的，就是每個人腳下的雲！唐敖想著剛剛那個和尚講的話，眼裡看到一個乞丐，腳下卻有一朵五彩雲。

他說：「這就奇怪了，五彩雲不是最尊貴的嗎？為什麼乞丐腳下有五彩雲？」

林之洋說：「你注意到了沒？剛剛那個酒肉和尚，完全不守佛門的規矩，腳下也是五彩雲？」

多九公說：「雲是天生的，但是顏色會變化。多年前我來過這兒，曾經打聽過原因，那個雲和階級與富貴無關，和這個人的行為有關。如果心胸寬大，腳下就會有五彩雲，如果心裡想的都是骯髒事，腳下就會有黑雲。這裡民風淳樸，壞人不多，大家腳下的雲顏色都很漂亮！全國人都以腳下有黑雲為恥辱，所以都努力做好事，小人很少，所以鄰國才稱他們『大人國』！」

「原來如此！」唐敖明白了。

忽然之間，街上人民紛紛讓路，原來有個大官來了，這個大官帶著好多人馬，非常威武，但腳下的雲卻用紅布遮著，不讓別人看清。

多九公笑著說：「這大官一定是做了虧心事，腳下的雲變成了灰黑色的，才故意遮著，這叫做掩耳盜鈴！其實只要痛改前非，腳下的雲就會變成好的顏色！大家讓路，不是因爲他是大官，而是因爲他的腳下有惡氣，沒看到也可以感覺到！」

匆匆離開了大人國，又到了勞民國。勞民國裡，每個人的臉都是黑的，身子搖來抖去，不停躁動。唐敖下評論說：「古人說這個勞字，就是躁動不停的意思，看他們這個樣子，還眞的很適合叫勞民國！」

「這麼抖來抖去，像得了癲癇一樣！不知道他們平均壽命如何？」

多九公說：「這你別爲他們擔心，他們都很長壽，因爲此地雖然大家都很忙，但都是勞動筋骨的活兒，不必操什麼心。他們不種田，只吃果菜，從不吃什麼煎炒煮炸的東西，所以人人長壽。不過我一向容易頭暈，看他們這樣，我頭更暈了，我就先回船上去了。」

回到港口的半路上，看到有些人提著雙頭鳥在販售，那些鳥都有兩個頭，長得奇怪，但叫聲非常悅耳。林之洋是個貿易商人，馬上動了生意腦筋：「我要買這些鳥，賣到岐舌國，一定會賺大錢！」

接著，又航行到了聶耳國。這個國家的人，臉孔長得和大唐的人也沒什麼不同，奇特的是，他們的耳朵都長到腰，走路時要用兩隻手捧著耳朵。

唐敖問多九公：「在面相書裡，耳朵越長，壽命越長，這裡的人一定很長壽了？」

多九公說：「才怪呢，這裡的人命都不長！這個叫做過猶不及！相書裡也說，人中長的人就會長壽，那麼傳說中的彭祖八百歲，人中不就長得比臉長，鼻子眼睛都被擠掉了！」

大家都笑了。

多九公還說：「這裡還不是耳朵最長的呢！我曾經到過一個小國，每個人耳朵都長到垂到地上！像個蛤蜊殼，把人夾在裡頭，睡覺時可以當棉被，生的孩子都可以睡在耳朵裡頭！如果說耳朵長就長命，那麼他們可不就長生不老了？」

到了無腸國。所謂無腸國，唐敖聽說過，因爲他們沒腸子，食物都直接「通過」身體。

多九公說：「這裡我也來過，我知道他們要吃東西之前，就得先去找大號的地方，沒辦法坐在桌子前吃東西，不然就會馬上排泄出來。因爲食物通過胃腸極快，他們要吃很多才會飽。食物在身體裡留得不久，所以排出來時不會臭，有錢人家就把自己的排泄物給奴婢們吃。食物被排出幾次，就要再回收幾次，直到排出來臭到不行，才不再使用！」

大家都覺得噁心，要多九公別再講下去！

正閒聊時，他們聞到一股香味。多九公說：「我們經過的這個國家，叫做犬封國，這裡的人，長得狗頭人身，他們什麼都不在意，只在意如何烹飪食物，如何在食物上變花樣，所以只要靠近這個國家，都會聞到烹飪的香味！他們什麼東西都吃，任何動物在這裡沒有活口！」

「我們可以上去看看狗頭人身嗎？」唐敖問。

「不行，太危險了，他們一不高興會狂吠亂咬！」多九公說。

接下來又航行過鬼國。

「因為他們長得像鬼，才叫鬼國嗎？」

「不是的，是因為他們晚上都不睡覺，白天才睡，像鬼一樣半夜才出來！所以叫做鬼國。」多九公說。

有一天，經過了元股國。元股國的人都頭戴斗笠，穿著魚皮褲，赤腳在海邊捕魚。他們的腳是黑色的，其他的長相和一般人沒什麼不一樣。

看到有人捕魚，船上的水手都想吃魚。唐敖也想上岸去看看。到岸邊，看到一個漁夫，網到了一隻怪魚，一個身體，十個頭，沒人看過這種怪模樣。

林之洋向前彎下腰去看這魚，忽然說：「好臭啊！」然後一陣嘔吐！多九公笑道：「你踢他一腳看看！」那隻魚竟然像狗吠一樣叫了起來。另外的漁夫又網起幾隻大魚，沒想到那些魚一上岸，竟然都騰空飛去了，原來是飛魚。

「我聽說，飛魚可以醫治痔瘡，對吧？」唐敖記得他看過這樣的醫書。

林之洋說：「真可惜，如果沒飛走，就可以帶幾條回去賣給有痔瘡的人了！」

多九公說：「這魚還不只這個功用，相傳黃帝時，有人吃了飛魚，死了兩百年還會復活，而且還能成仙！」

此時海面上出現奇怪的景象，有個巨大無比的魚背出現了，上頭有金光閃閃的魚鱗。然後就停住了，像一座山峰一樣，動也不動。他們都很驚訝，頭一次看見海中有這麼大的魚！

「唐兄，你記得我嗎？」就在他們目瞪口呆的時候，有個白頭髮的漁夫向唐敖走過來。

聽到這話，唐敖打量著來人。分明就是個元股國的人，他的腳也是黑的，但看了那人的臉，唐敖嚇了一跳，暗暗想著：「那不是我的老師尹元嗎……好久沒他消息，他怎麼會變成元股國國民？」

尹元邀請他們到家裡坐。那是間茅屋，連桌椅都沒有！大家只能席地而坐！

「老師，爲什麼你會在這裡？」

「還不是因爲武則天！」尹元說。尹元本來是輔佐武則天兒子的臣子，沒想到武則天廢掉兒子，自己當了皇帝，尹元上奏章規勸武則天，卻被貶官了。後來又有人參奏，說他和當時起義討伐武后的徐敬業有關連，他只好逃亡海外。

「我的腳是故意塗黑的，假裝自己是元股國的人，不然，他們也不會讓我打漁維生！」尹元嘆息說。

尹元的妻子早已去世，都靠他打漁養活一雙兒女。女兒尹紅萸十三歲，兒子尹玉十二歲，都長得很好。雖然穿得破爛，舉止都很大方。尹紅萸很擅長編織漁網，所以尹元才能打漁。然而，一個讀書人一直當漁夫也不是辦法，尹元更不願意子女沒出路，於是要求唐敖帶走自己的兒女回大唐，唐敖很願意，但不知自己何時返航，於是先要尹元到君子國水仙村去找廉錦楓，在那兒開私塾當老師，免得在這裡打漁受苦。

「而且廉家也有一雙兒女，大方有禮又孝順，不如和老師的兒女成就兩門親事！」

元股國生活實在太辛苦了。尹元是個讀書人，這樣謀生讓唐敖於心不忍，趕緊寫封信給廉錦楓的母親良夫人，請尹元一家三口動身，先到君子國安棲。話說，尹元到了君子國之後，又遇到殺了老虎的女勇士駱紅蕖，一起跟尹元學讀書寫字。

和尹元告別之後，唐敖在某個海邊停船，聽到了好多嬰兒的哭聲。循聲前去，他們發現哭聲來自漁人網中，漁人網起了很多魚，這些魚的上半身是女人，下半身卻是魚形，還長著四隻腳。多九公說：「瞧，這就是人魚了！」

唐敖看她們長得像人，很不忍心，拿錢跟漁夫買下，把她們都放生了，人魚們在水裡向唐敖點頭道謝才離去。

繼續航行了兩天，到了毛民國，這個國家的人，全身都是毛，跟猩猩一樣。多九公說：「傳說，他們全身都是毛，是因爲上輩子一毛不拔，所以死了以後，閻羅王送了他們一身長毛。只要活的時候很吝嗇的人，都會投胎在這裡！」

跟吝嗇的人做不了生意，他們沒有上岸。一路航行到人人都是長人又長壽的毗騫國。不過，高未必就玉樹臨風，這國家的人長得很奇怪，全身分成了三等分，臉三尺，脖子三尺，身子三尺。唐敖笑說：「這種身材如果要做衣服，領子就要花好大一塊布！」

接下來拜訪的國家，離大唐越遠，人的模樣長得越來越奇怪。來到深目國，唐敖看得瞠目結舌，這兒的人，臉上沒有眼睛，每個人都高高舉起手來，因爲眼睛是長在手掌上的！唐敖笑說：「那這裡的人如果近視的話，眼鏡就要掛在手上了！」

再過來是黑齒國。他們全身漆黑，身上看得到顏色的地方只有紅唇，人人熱愛紅色，都穿著大紅衣服。林之洋看他們穿紅衣服，就認爲這裡的女人應該也愛漂亮，帶了一些脂粉上岸做買賣。多九公陪著唐敖上去遊街。

街上的景象也很怪異，規定男女不能混雜，男人走右邊，女人走左邊，隨時有人提醒他們別走到女人那邊去。他們走著走著，竟然看到一間女子學校。女子學校裡有一個聽不見的老老師，還有兩個黑臉的女學生。

老人說：「我們國家也有科舉，但也是爲男人設的，不過依照慣例，皇后會特許一些才女來考試，所以我們這裡的女人也是念書的。」

唐敖和多九公考了他們幾個古字的讀音，這兩個女學生：紅紅和亭亭都答得頭頭是道，還舉一反三。大家引經據典聊得十分愉快，多九公和唐敖想要考她們，竟都考不倒。多九公因爲讀錯幾個字，還被譏笑了一番，老人家面子掛不住，面紅耳赤。

還好這時候林之洋剛好來女子學堂想要賣脂粉。多九公怕這些女學生再考他，找了理由，要唐敖和林之洋趕快走。

林之洋感嘆：「我本來以爲這裡的女人長得醜，所以來賣脂粉，沒想到她們擦了粉更醜，所以都賣不出去。她們告訴我，她們寧願買書，會讀書的，就有機會當貴族！」

唐敖笑說：「我們認爲她們臉醜，她們倒覺得我們書讀不多，腹中極醜！以後我們可要好好讀書了！」

唐敖心想，讀書讀了一輩子，難免自傲，沒想到天外有天，人外有人，在這遙遠的國度，竟然連女學生都對中原古文化研究這麼深！

5 又找到老朋友

離開了黑齒國，唐敖感嘆地說：「剛到這個國家，只覺得每個人都黑而醜，現在想來，覺得他們每個人都有書卷氣，仔細看，都是十分俊美的人，跟他們比起學問來，我們眞是俗氣逼人！」

過幾天就到小人國了。多九公說：「這裡的人身材不到一般人的五分之一，不但人小，也薄情，而且都故意說反話。甜的說是苦的，鹹的說是淡的，你去看看就知道了。」

小人國的城牆對唐敖他們來說，實在很矮，必須要彎腰才進得去，裡頭的街道對他們來說也太窄。那些小人兒身高都不滿一尺，三五成群，手上都拿著武器，就怕大鳥來把他們叼走，對人防心也很重。唐敖晃了一下，覺得無趣就上船了。

又航行了幾天，經過一個桑樹林，樹林裡有好多女人，穿著絲綢，吃著桑葉，嘴裡吐著絲。

多九公說她們都是蠶人，沒有國家組織。

林之洋說：「這些女人長得這麼美，不帶幾個回去做妾眞可惜！」

多九公說：「除非你是不要命了，她們一不高興，就會吐絲把你的身子纏住，不少水手就是貪戀她們美色，死在這裡的呀！」

林之洋聽了馬上打消這個念頭。

路過跂踵國海岸，唐敖看到幾個人在海邊捕魚。他們每個人長得方方正正的，身長和身寬都一樣，巨大無比，一頭紅色亂髮，兩隻巨大的腳，走路時只用腳指頭走路。

然後就是長人國了。唐敖和多九公到城裡去晃，沒多久就被嚇得跑回船上，他們一個人有一般人的十幾倍那麼高，唐敖一進城，眼睛只能看到每個人的腳，怕被踩死，只好回船。

林之洋自己去做買賣，倒是做了不少生意，唐敖的花盆在這裡很受歡迎，竟然賣完了。這次來做買賣，讓林之洋很意外。小人國的人向林洋買了許多鼊繭當帽子，長人國的人跟林之洋買了空的酒罈和花盆。那些花盆是唐敖在上船之前買來，被林之洋嘲笑只能壓船艙，沒想到在這裡大受歡迎。

林之洋把這些原本不値錢的東西賣了不少錢，對唐敖說：「做生意，還眞的要靠運氣，有時候，你覺得賣不出去的東西，偏偏有人要！」

接著來到白民國。

白民國的國界有一座很高的山峰，多九公說，那是麟鳳山，是西海的第一大嶺，嶺東只有獸，嶺西只有鳥。鳥獸各有疆界。

正在聊天時，忽然間，半空中彷彿有人在打架，他們出了船艙仰望，只看到許多大鳥飛向山中。聽說此山之王是鳳凰，他們三人就帶著防身武器去尋找鳳凰。

穿過了森林，看到五彩繽紛的鳥兒，卻沒看到大鳥，不久聽到了一陣讓人神清氣爽的洪亮鳥鳴，他們以爲必有大鳥，就循著聲音去找，沒想到只看見一些蒼蠅圍著一棵大樹飛。仔細一看，原來不是蒼蠅，是非常小的鳥，紅嘴綠毛，長得像極小型的鸚鵡。沒想到他們身體那麼小，聲音卻極大。

沒看到大鳥，卻看到一個穿著白衣，拿武器穿過森林的牧童，牧童對他們說，翻過了山嶺，都是凶猛野獸，要他們注意。

不多久，他們翻過高山，果然在梧桐樹裡看到一隻巨大的鳳凰，有五彩羽毛，巨大而華麗，旁邊密密麻麻都是鳥，瞪視著桂樹林中的一隻大鳥，那大鳥渾身綠色，長脖子，腳長得像鼠類，也十分高大，旁邊也有一些隨從。多九公說：「這隻綠鳥就是鸕鶿。看起來是要來跟鳳凰打架的！」

果然鳥群大戰開始。大綠鳥派出了漂亮的山雞，鳳凰那邊派出了孔雀來應戰，原來他們不是在打架，是在比美。孔雀開了屏，尾巴展現出五彩繽紛的色彩，那隻山雞自知無法跟孔雀比美，羞愧到一頭撞向石頭，死了。

不久大綠鳥那邊派出了一隻尖嘴黃腳的百舌鳥出來唱歌，鳳凰那邊也派出了一隻五彩鳥，開始嬌滴滴地啼叫。唱得難分上下。

一陣鳥鳴之後，大綠鳥那兒出了一頭長相怪異的九頭鳥，看來非常凶惡，只見鳳凰那邊出了一隻小小的鳥，白脖子紅嘴巴，一身綠色的毛，對著九頭鳥發出了一聲狗叫，九頭鳥嚇得馬上飛走了。

原來那小鳥叫做天狗鳥。九頭鳥最怕狗，所以天狗鳥就是牠的剋星。

不久，梧桐林和桂樹林的鳥打起架來，難分難解，忽然之間，東邊山上好像有一群什麼東西來了，地動山搖，這些鳥全都逃了。

原來來了兩群野獸。「你看，一邊狻猊領隊，一邊是麒麟領軍！」多九公說。狻猊長得像老虎，一身黑毛，爪子是鉤狀的，牙齒很尖銳，仔細一看，這一群野獸已經打得全身是血。

狻猊那一群靠唐敖三人比較近，他們可以看得仔細。唐敖聽見狻猊喘了幾口氣後，把身子站了起來，叫了兩聲，旁邊出現了一隻野豬，把頭伸到狻猊嘴邊，狻猊吼了一聲，就把野豬吃下肚子裡去了。沒想到這時飛來了一隻像蒼蠅的鸚鵡，像警報器一樣在他們耳邊大叫，狻猊那群野獸很快發現了他們三個人，往這邊追過來。

林之洋身上帶了火槍，開了兩槍都沒有用，野獸們沒命地朝他們奔來。林之洋嚇哭了，說：「糟了，我今天完了！」

野獸追到了唐敖身後，唐敖一急，忽然騰空跳起，原來他之前吃過躡空草，藥力還在，但多九公和林之洋可慘了。正危急時，聽到一連串的響聲，塵土飛揚，煙霧瀰漫……

三人驚魂甫定，才知道是一個獵人救了他們。

獵人只有十四五歲，長得眉清目秀。三人向前拜謝他，多謝他的救命之恩。那人說他姓魏，祖上從大唐來這裡避難。

唐敖問他：「我之前認識一位叫做魏思溫的，他慣用連珠槍，槍法極準，不知你有沒有聽過他？」

獵人很驚訝地說：「您說的是我的父親，您怎麼會認識他？」

原來，因爲跟著徐敬業起兵造反失敗，爲了躲避武則天的追殺，魏思溫帶了兒女逃亡海外。唐敖說了自己曾和魏思溫結拜的往事。

這個獵人驚喜萬分地跟唐敖說：「我是他的女兒魏紫櫻，我還有個哥哥叫做魏武。我自小學得槍法，就是爲了要幫村民們除掉會吃人的狻猊。我父親有封遺書，說是以後要我們回到嶺南找唐敖叔叔的，沒想到在這裡遇到您！」

原來這個英勇的獵人是一個少女。

唐敖跟著她回去，看到了魏思溫的妻子萬夫人和魏武。魏武看起來是個文弱書生，身體沒有妹妹好。家裡都靠著妹妹打獵維生。

那封遺書託唐敖照顧家人子女。唐敖看得熱淚盈眶，答應在返航時帶他們一起回嶺南，並且祭拜了魏思溫的墓，大哭一場才離去。

到了白民國，林之洋拿了許多綢緞和海菜去賣。唐敖和多九公也就下船散心去。這兒的土是白的，田裡種著蕎麥，開的也是白花。人們都穿著白色的衣服。房子也是白的，每個人的膚色都潔白得跟玉一樣，長得很美。街上飄散著香味，城裡店家很多，賣什麼的都有。林之洋的貨物一下子就賣掉許多，要多九公和唐敖兩人跟著他到前頭大戶人家送貨，然後再買一些好酒好菜回去慶功。

那個大戶人家竟然是個學校，裡面有四五個學生，每個都清俊美麗，連老師都是個美男子。唐敖看了，自慚形穢，頭都低了。

那老師看了唐敖，說：「看你的打扮，應該是個讀書人，我可要考考你！」

唐敖急忙推拖，說自己是生意人。林之洋故意把左傳說成右傳，公羊傳說成母羊傳，讓老師相信這幾個人全無學問，以免脫不了身。

雖然看起來都很有學問，但唐敖仔細聽那些學生朗誦，卻是錯字連篇，不覺偷偷笑了，原來自以爲有學問，看起來風度翩翩的人，學問未必好！

船又走了幾天，前頭有一團大霧，霧中可以看見遠方有一座城池。「我看是淑士國到了。」多九公說。

「這裡沒人買東西，不過，大家在船裡悶了幾天，還是上去走走好了！」林之洋說。

多九公說：「林兄還是帶些筆墨去賣吧，這裡既然叫做淑士國，都是儒生，應該會買文具的！」

看來又是一個愛做學問的國家！進城前看到好多農夫，每個看來都像儒生，氣質優雅。淑士國的城門上有金光閃閃的對聯，上面寫著：

欲高門第須為善，
要好兒孫必讀書。

不過一進城，卻被士兵們嚴格地搜身，才能獲准進去。城裡，到處傳來讀書的聲音，每一家的門口都掛著「賢良方正」「聰明正直」「好善不倦」「教育人才」等匾額。

林之洋手裡帶的是文具，看到一個學校就想進去推銷，要唐敖和多九公兩個人自己走走，兩個人到了鬧市東看西看，等到林之洋趕來，看他手上都沒貨了，跟他說恭喜。

林之洋苦笑著說：「東西是都賣光了，不過，他們很窮酸，又要買又不肯出錢，全賣完我還賠錢呢！」

看來，這是個窮酸國家。

三人口渴了，多九公提議到酒樓喝酒。酒保的穿著也像儒生，講話咬文嚼字，還故意用文言文。他們要酒，拿來的卻是醋。原來這裡的酒都是醋的味道。說要小菜，桌上提供的只有青梅和齏菜，一看，嘴巴就發酸。要他們把最好的菜拿來，也只有青豆、豆芽、豆腐等素菜。酒保說：「我們的王公貴族，也是吃這個的！」

三個人吃得十分不滿足，走到鬧市裡，看到很多人圍著一個十三四歲的漂亮少女東看西看，少女卻哭得像淚人兒。唐敖問：「她爲什麼哭？」

路人說：「她是個宮女，父母去世了，公主嫁給駙馬後，她也到駙馬府服侍，不知道爲什麼得罪了駙馬，要把她賣了，但是我們這裡人人視錢如命，沒人要買她！」

唐敖一問，只要十貫錢，於是趕緊拿出錢來贖了她。這少女被贖卻無處可去，也只能帶著她上船。

少女說她叫做司徒蕙兒，是將軍的女兒，父親死了，只好當宮女。唐敖收了她當義女。她告訴唐敖，她本來被許配給一位大唐來的軍人，那個軍人是徐敬業的姪子，名叫徐承志，然而，她卻爲徐承志得罪了駙馬爺。

原來，她好意告訴徐承志，當權的駙馬看似中用他，其實疑心於他，想要除掉他，要他快離開，但徐承志卻把她的話全告訴了駙馬爺，所以她才會被趕出宮來賣掉！

「這下子，我找到徐敬業的後人了！」唐敖一邊開心，一邊又覺得奇怪，徐承志爲什麼要出賣未婚妻呢？是不是品格有問題？

唐敖曾經看過徐承志，只是當年見面時徐承志不過十歲。三人找到了在宮中當差的徐承志。把他約到了一個茶館，關上門來，才說了眞話。

原來徐承志並不是故意要害司徒蕙兒，他以爲司徒蕙兒是駙馬派來試探他的，所以才把事情都告訴駙馬。後來聽說司徒蕙兒被毒打，又被變賣，才知道這個女孩對他是眞心眞意，非常後悔。

唐敖告訴他，司徒蕙兒已經被他救了，徐承志非常感激，並且希望唐敖也救他離開這個國家。他在駙馬身邊，形同被軟禁，行動全無自由。

這個容易，當天晚上，吃過躡空草的唐敖把徐承志揹在背上，輕輕一跳，跳過城牆，一起逃到了船上，趕緊揚帆離去。徐承志和司徒蕙兒兩人解開了誤會，都轉悲爲喜。

不久，到了兩面國。多九公說腳疼走不動，唐敖約了林之洋一起上岸。

這兩面國，原來都是勢利的兩面人。只要你穿的衣服好，他就用可親的笑臉跟你說話，穿的衣服破，他們就把另外那張冷淡的臉轉向你。變化非常地快。

唐敖和林之洋沒去多久就回到船裡。「人的另外一張臉太可怕了！有的臉還不只是冷淡而已。我偷偷掀起一個人的頭巾，沒想到他藏著的那張臉是鼠眼鷹鼻，滿面橫肉，血盆大口，還有一條長舌頭，像蛇一樣，嚇死我了，我們只好趕快逃回來了！」林之洋說。

「人前一張臉，人後一張臉，這樣的人，在我們國家也多得是啊！」唐敖有感而發。

當晚，風雨不小，四人在船艙裡閒聊，正打算睡覺時，聽到海上傳來女人淒慘的哭聲……

6 海外之花一一相見

聽到女人的哭聲，唐敖知道有人需要幫忙。要水手尋聲出去看，原來是停在附近，同樣從大唐來的船隻，在海中被風浪打壞了回不去。唐敖和林之洋向來心地好，要自己船上的工匠去幫忙修理，反正他們也不趕路，耽擱一兩天無妨。

到了天要亮的時候，忽然聽到外頭有人大吼大叫，一看，密密麻麻有一百多個強盜包圍了他們，口口聲聲要「買路財」！

林之洋嚇得魂飛魄散，跪在船頭，跟強盜頭子求情說：「我們做小買賣的，船上貨不多，哪裡有什麼錢，大王饒命！」

強盜大王說：「我先殺了你，就知道你有多少錢了！」手裡拿著亮晃晃的大刀，往船上奔來，就在此時，隔壁船裡發出了雨點般的鐵彈，每飛出一彈，就打倒一個人，打得那些強盜抱頭四散。

唐敖一看，鄰船船頭上拿著彈弓的是個美人，頭上繫著藍綢頭巾，穿著綠衣紫褲，對著他們自信地微笑。

唐敖自我介紹之後，那女子驚訝地說：「這麼說來，您是嶺南唐伯伯了？我父親是你的結拜兄弟，我叫徐麗蓉。我父親徐敬功是徐敬業的弟弟，我伯伯起兵失敗後，父親帶著我們遠走他鄉，賣貨維生，昨天船隻被暴風雨打壞了才停在這裡，我奶媽一時難過得哭了，幸好您派來工匠修理，十分感激！」

徐承志這時也在林之洋的船上，一走出來看到失散多年的妹妹，驚訝得不得了。兩人久別重逢，抱頭痛哭。

忽然間，岸上塵土飛揚，又有一批人馬到來。徐麗蓉趕緊走進船艙把父親留下來的長槍拿給沒有武器的哥哥使用。

這批人並不是強盜的黨羽，是淑士國駙馬派來的，要請徐承志回國，說駙馬要重用他。徐承志不願意回去，那一批人馬動起手來要抓人。徐承志輕鬆舞動長槍，就把他們殺得七零八落。爲首的腿上還被刺了一槍，被大家扶走了。

這批人才走，又來了一群尋仇的強盜。兄妹兩人，一個放彈，一個使槍，把強盜趕跑了。

到了船上，徐麗蓉也見過了未來的大嫂司徒蕙兒。第二天，徐承志就帶著妹妹和未婚妻，開著剛修好的船先回大唐去了，但爲了怕有人告密，又遭到武則天尋仇，從此改成了余姓。

多九公開船，走了幾天來到厭火國，厭火國的人臉是黑的，長得像猴子，嘰嘰呱呱圍著他們要討東西，他們覺得不妙，想要走人，這些黑色猴子嘴裡噴著烈火，煙霧瀰漫。三人嚇得趕忙向船上奔逃，剛到船上，眾黑猴也都趕到，一起迎著船頭，口中火光亂冒，烈燄飛騰，水手們被火燒得焦頭爛額。一不小心，林之洋的鬍子著了火，被燒光了。還好這時海中出現了許多女人，對他們噴水，才把火澆熄。原來，那些婦人正是當日在元股國好心放走的人魚來報恩的。

林之洋的鬍子燒掉之後，多九公給他一種用秋葵和麻油研磨的燙傷藥膏，他的燒傷好了，整個人也顯得十分白嫩，多九公笑他：「林兄的皮膚，比雪還要白呢！」

誰也沒想到，這沒了鬍子的雪白皮膚，在不久之後，將爲林之洋迎來人生中最殘酷的災難！

繼續航行，某一天，天氣變得非常燠熱。

「明明已經是秋天了，爲什麼熱成這樣？」

多九公說：「因爲我們到壽麻國的邊界了，他們這裡一整年都熱得要命，人們都泡在水裡，這裡的人也去不了別的國家，一去別的地方，就算是夏天也要凍死的！」

這時有水手中暑了，多九公又不慌不忙地拿出了一小袋粉末，要水手們和大蒜一起服用，中暑昏迷的水手馬上甦醒過來。

不久，又過了一個更加炎熱的炎火山。多九公說：「只要把東西丟向這個炎火山，不管是什麼，都會起火燃燒！」

林之洋說：「我在《西遊記》裡讀過一個火燄山，原來還有一座叫做炎火山！」

多九公說：「你把天下看得太小了，我所看過的火山多得很呢！」

唐敖這時也給熱昏了，跟多九公要了解暑藥來吞服，喝了果然神清氣爽。接著，船走得很順，又到了長臂國，在海邊打漁的長臂國人，每個人的手都比身高還長得多。

又到翼民國，人人都長著黑嘴紅眼，一頭白髮，皮膚碧綠，像穿了一身樹葉似地，背上都有翅膀，飛來飛去，最怪的是他們的頭和身體一樣長。「聽說他們不是胎生的，都是蛋裡生出來的。」

三個人到翼民國看看，走累了，乾脆雇了幾個「挑夫」，讓這些有翅膀的直接把他們馱回船上。

又到了豬嘴國。「這是因爲他們上輩子愛說謊，所以這輩子才長了一張豬嘴，只能吃豬吃的糟糠。」多九公說。

到了伯慮國，唐敖和林之洋一起上岸遊賞，多九公不去，說要留在船艙裡配藥。沒多久唐敖兩人就回來了，對多九公說：「怪不得你不肯上去！這些人連走路都像在打瞌睡，無聊透了！」

多九公說：「因爲伯慮國的人最怕的就是睡覺，怕一睡之後就醒不來，所以每天都在費力支撐，撐不過去，睡著了，叫都叫不醒，有醒的，也常睡了幾個月才醒，大家都會幫他慶賀，賀他死裡逃生！但是越怕睡，越容易一睡不醒，睡死的人也很多，所以當地人認爲，睡覺很容易死掉！他們因爲睡眠不足，活著從沒開心過，所以很年輕也有一頭白髮！」

唐敖笑了：「這不是養生之道！看來，我得把所有心事都丟掉，才能開心地多活幾年！」

沒幾天，又到了巫咸國。這裡的人很喜歡絲，林之洋帶了很多絲綢，就是要來這裡賣的，唐敖因爲鬧肚子疼，沒跟著上岸，還好多九公給了他奇藥，馬上就好了。

林之洋不久就回船了，說：「我本來以爲大家會來搶絲綢，沒想到聽說幾年前這裡來了幾個少女，在這裡養蠶，教大家織布，所以絲綢就沒那麼受歡迎了！還好，也不虧本就是了！」

「啊，這就是巫咸國了！」唐敖忽然想起他身上有一封信，是駱紅蕖拜託他來找逃亡在這裡的薛家子女，於是和林之洋上岸去了。半路中，唐敖眼尖，發現有個大漢藏在樹上，手裡拿著刀。唐敖小聲地告訴林之洋，兩人也把防身利刃都暗暗拿在手上以自衛。

然而，那個刺客卻不是針對他們來的。刺客看見一個老太太帶著一個少女走來，跳下樹去，想要殺那個少女！唐敖為了救那個少女，跳向前去。之前他吃了仙草，所以跳得跟飛一樣，把那個大漢撞倒了，手上的刀都掉了。唐敖對大漢說：「那個女孩跟你有什麼仇恨，你為什麼要殺她？」

大漢說：「看你們的樣子，是從大唐來的商人吧？你們根本不知道，這個女人在這裡做了什麼壞事！」

女孩被嚇壞了，一直哭。

大漢說：「就是這個壞女人，養了一種毒蟲來織布，害得我們幾萬個種棉花的人都沒辦法活下去！我是巫咸國交易棉花的商人，這裡本來沒有絲，大家都穿棉花做的衣服，這個女孩到了此地之後，開始教大家養蠶織布，就沒有人喜歡原來的棉布了！我今天要來為民除害！」

但眼看唐敖等人堅持插手，大漢也只能忿恨離去。

唐敖一問，這女孩也是當年討伐武則天的造反者子孫，名叫姚芷馨。從她口裡，唐敖打聽到了，他的老朋友薛仲璋的女兒薛蘅香和兒子薛選也流亡在此。一進城去，他們發現薛家也被一群人包圍，唐敖大聲說：「大家別吵了，我就是要來接他們回大唐的，你們散開！」剛剛那行刺的大漢也在裡頭，知道唐敖的厲害，要大家散去。

唐敖取出了駱紅蕖要給薛蘅香的信件。當年紅蕖和蘅香本來就是好朋友，逃亡時相約，如果遇到大唐大赦，她們就可以回家相見。聽說紅蕖不久就要回到大唐，薛蘅香說：「這裡我們老早待不下去了，我們也想要回去！請叔叔幫忙！」

唐敖先讓他們去麟鳳山，住在魏家那裡，並且幫薛家姐弟和魏家兄妹說了兩門親事，又開船到了歧舌國。林之洋知道這個家的人喜歡音樂，帶了不少笙笛下船販售，又把勞民國買的會唱歌的雙頭鳥也帶下去賣了。

多九公會說歧舌國的話，跟著大家一起下船，路中遇到歧舌國的老人，想要問路。唐敖仔細觀察才發現，他們的舌頭跟剪刀一樣，舌尖是分開的，一次可以發出兩個聲音。

唐敖聽說歧舌國是聲韻學的鼻祖，要多九公問如何能夠學到聲韻學的奧妙，沒想到那老人說了幾句話就跑了。

多九公說：「他們國王有命令，聲韻學是歧舌國國寶，誰洩露給外國人就要判重刑！所謂的重刑，就是未婚的要去當太監，已婚的就要離婚！」

唐敖說：「那我們能不能找個已經喪偶的來問？」

多九公笑著說：「怎麼找？難道他們臉上會寫著『我喪偶』幾個字嗎？」

兩人在討論時，林之洋笑嘻嘻地提著雙頭鳥的鳥籠回來了。

「你今天怎麼這麼高興？」

林之洋說：「有人來跟我買這隻鳥，出的價已經比我的本錢多幾十倍！沒想到他的僕人偷偷對我說，主人買這鳥是為了送太子的，叫我別賣太便宜！跟我要一些分紅！所以我就不賣了。半路上，那人派人跟我說，他願意加價，要我明天再拿去！真是個好人！」

「對你來說是好人，但為了幾個錢就把主人賣了，對主人來說根本是個壞人！」多九公說。

第二天，林之洋本來很高興地去賣鳥，沒想到提著鳥籠去，買主卻不買了，唉聲嘆氣走回來。原來太子一大早去打獵掉下山崖，現在奄奄一息躺在床上，這鳥禮物是送不出去了。

聽說太子傷了，擅長調藥的多九公發揮專長的時間到了。他在鬧市裡看到「治好太子，賞銀一千」的榜單，揭了榜單，跟著士兵們到太子府上去。

太子頭破血流，昏迷不醒，多九公要了半碗童子的糞便，加上半碗黃酒，灌進了太子嘴裡，又拿出藥瓶，把藥塗在太子頭上，還用力用扇子打太子的臉！

大家都驚叫，要他停手。多九公說：「我這個叫鐵扇散，一定要一邊敷一邊用扇打，不久就會結痂了！」果然不久傷口就結痂，大家才相信他是神醫。

他又取了藥塗在太子腿上，說：「這藥塗一陣子，斷腿也能走了！」果然眞的就這樣治好了太子。

國王要給多九公一千兩，多九公不肯收，說自己想要一部聲韻學的書。國王寧願多給他銀兩，也不肯答應他的願望。旁邊國王的使者跟他說：「你如果能夠再治好兩位王妃，說不定國王一高興就肯了。」

原來有個王妃懷了五六個月的身孕，但胎兒一直在動，讓王妃肚痛難耐，只能躺在床上。另外一位王妃胸部長了瘡，痛苦呻吟了好幾天。多九公說：「不難，這我都會治，只要給我一本聲韻學的書！」

國王勉爲其難答應了。多九公開了兩個藥方，交給使者，兩位王妃過了幾天都有好轉，國王才把幾頁聲韻學要訣送給多九公，又請使者送來了許多金銀。

使者也請求多九公幫忙，說他的女兒得了怪病，肚子很大，吃什麼藥都沒好，只能躺在床上等死，請多九公治療。多九公一看，正是肚子裡長了蛔蟲，他手上沒有這些藥草，於是開了帖打蟲藥，要使者自己去找藥方。

聽說太子不會死了，林之洋又去那大戶人家賣雙頭鳥。上次那個想要分紅的僕人，只拿了林之洋要的一半錢出來，說自己要分一半。多九公懂得歧舌國語，大聲喊叫，說要告發他欺騙主人，那僕人才把所有的錢拿出來！

回到船上，使者又帶著女兒來了，原來他出去找了半天，多九公開的藥方在本國都找不到，只有大唐才有，要多九公帶這女孩回唐朝找藥方救命。

使者在他們面前大哭：「我快六十歲了才有這個女兒，以前有人幫她算過命，說她要遠渡重洋，今日遇到你們，就請你們幫我救活她，等她長大了，幫她找個好對象吧！」

這女兒名叫蘭音，才十四歲，就會說三十六國的語言。

唐敖心軟，答應了。林之洋想，多個女兒和林婉如作伴，也是好的。到了鄰國，好不容易湊足了一帖藥方，把蘭音肚子裡的蟲打了下來。

蘭音恢復了少女的身形，也恢復了青春活潑的樣子。她和船艙裡的林婉如一見如故，林之洋也很高興多了這個什麼語言都可以翻譯的女孩，這樣做生意就更好溝通了。

船走了幾天，又到了女兒國。

這個女兒國和《西遊記》裡都是女人的女兒國不一樣，而是男人當成女人，女人當成男人用。女主外，男主內，男女顛倒，男人在家裡要擦脂抹粉，也要纏足。多九公告訴林之洋：「這裡的男人愛打扮，你拿些脂粉上去總沒錯！」

到了城裡，果然看到所有的男人身材都瘦小，纏了小腳，搖搖擺擺地，非常嬌羞。男人的裝扮和唐朝的女人一樣，頭上都插著漂亮裝飾、戴耳環。他們看見有個中年男人在門裡繡花，臉上塗抹脂粉，裙子下露出三寸金蓮，但一抬起頭卻是一臉絡腮鬍。唐敖忍不住笑了。

那人聽見笑聲，對唐敖說：「你明明跟我一樣，是個婦人，幹嘛冒充男人！不要臉！」

唐敖被罵傻了。

那天黃昏，一個人提著貨物出去賣的林之洋沒有回來，大家都很著急。又過了一天，還是找不到林之洋的人影。

「女兒國很講禮數，應該不會發生什麼意外吧？」多九公覺得其中必然有鬼。

7 林之洋女兒國當王妃

話說幾天前，林之洋一個人來到國舅府做買賣。看門的使者要他在內殿門口等著，把他手上的貨單拿進去給主人看。使者出來之後對林之洋說：「你這些東西，我們都要，不過你的價格要開得實在些。我們國王今天在府裡，知道你是從大唐來的，想要見你一面，你舉止要小心些！」

「那是當然的！」能夠見到國王，林之洋也很高興，沒想到那是他悲慘遭遇的開端。

女兒國國王，當然是個女人，大概三十多歲，唇紅齒白，非常漂亮，一邊問貨單上的胭脂和首飾的價錢，一邊目不轉睛打量著林之洋。

國王看完貨單之後，要宮女們招待來自大唐的「女商人」林之洋吃飯，自己就轉身回宮了。

林之洋開心地吃完飯，聽到下頭吵鬧聲，幾個宮女跑了上來，對他磕頭，叫他

「娘娘」，捧著鳳冠霞披等華麗的衣裙，不由分說就把林之洋裡裡外外的衣服都剝了，替他洗澡，換上了裙子，又幫他抹上了髮油，戴上頭飾，化了妝，戴了戒指，以及金鐲，因爲那些宮女跟林之洋一樣其實都是男人，力大無窮。一頭霧水的林之洋也就聽從他們擺布，以爲這裡做生意要入境隨俗，都裝扮好了才覺得奇怪，問了宮女，才知道國王要納他爲妃，讓他進宮。

他才正在盤算該怎麼逃跑時，有個白頭髮的老宮女走了過來，要四個年輕力壯的宮女把他按住，說：「我奉命幫你穿耳洞！」然後一針就穿過了他的耳朵，痛得林之洋大聲叫。但沒有人理會他的哀嚎，右耳穿完換右耳，還馬上幫他鮮血淋漓的耳朵戴上金耳環。

這也就算了，接著還有個滿臉鬍子的宮女，拿了一匹白布來。「娘娘，我奉命爲你纏足！」

他們把他的襪子脫了，灑了些粉在他腳縫裡，用白色的布條把他五個腳趾緊緊綁住，綁成了弓型！還用針線密密麻麻地把白布縫緊，林之洋被四個宮女按著，無法掙脫，悲從中來，放聲大哭，說：「我快被你們弄死了！」

他急中生智，說自己已經有「丈夫」，不能夠再嫁。但是那些宮女完全不聽他的話，說是國王的命令，要他把腳纏好，就要送進宮！

林之洋的雙腳像火燒一樣痛，而且再也逃不了、走不動，宮女們侍候他入睡前，還用白色的香粉幫他保養皮膚，說：「這樣可以讓你從皮膚裡透出香氣來，國王會更寵愛你！」

到了晚上，林之洋偷偷地把腳上的白布撕開，這一撕開，才覺得累，沉沉睡去了。

第二天早上，國王派「保母」來檢查，發現林之洋違抗了纏足的命令，要人來處罰他。他們脫下他的裙子，拿著竹皮在他大腿和屁股狠打，打了五下，已經皮開肉綻！

「王妃細皮嫩肉不禁打，這樣吧，去稟報國王，看要不要打下去？萬一打成重傷，就沒辦法洞房花燭了！」保母要宮女們去問國王，還打不打？

宮女回來時，拿了一盒治傷口的藥，又帶了一碗說是能治痛的人參湯。

「你要聽話纏足，這是進宮的規矩！不然，還是會被打的！」保母看著他說。

林之洋喝了人參湯之後，被棒打的傷是好了，但纏足的痛仍然有增無減。國王正在等他把腳纏好，就要迎接他入宮當王妃，所以這些宮女們也毫不鬆懈，緊緊看守著他，死命想把他的腳纏到國王喜歡的那麼小。那些宮女早也纏，晚也纏，就是要把他的腳纏成三寸金蓮，林之洋的腳肉都給纏爛了，他們就用特殊藥水泡著他的腳，林之洋的腳指頭都腐爛了，鮮血淋漓，常在半夜痛醒。他很希望多九公和唐敖來救他，可是沒有人知道他被軟禁在這裡，又能怎麼辦呢？

林之洋忍無可忍，要保母去跟國王說：「請快判我死刑，我也不要纏足！」結果國王竟然讓保母把他倒吊在梁上。他更是求生不得，求死不能，只好哀求大家放他下來。從此，保母和宮女們更是努力地想把他的腳纏成三寸金蓮，沒多久，他的腳上都是膿水，只剩下枯骨了。他的眉被修成了柳月眉，臉上每天都被點上胭脂。國王親自上樓來看，非常滿意，賞給他一串珍珠項鍊，把他的三寸金蓮放在手上觀賞把玩了一翻。又把他臉上身上都聞了一遍。

之後，國王宣布，等他纏好腳，就要找時間迎娶他。

林之洋想起以前自由自在的生活，再看到現在這種兩隻腳像殘廢一樣的日子，痛苦不堪，晚上都會哭醒。

某一天早上醒來，那些身強體壯的宮女都來了，幫他穿戴整齊，化了妝，把他弄得一身香氣逼人，各個王妃也都前來恭喜。林之洋還沒有反應過來，宮女們就一起把他扶下樓了。上了華麗的大轎，抬到皇宮裡，又把他扶下轎，讓行走困難的林之洋顫抖著向國王行禮。

就在這時候，外頭響聲大作，大家都受到驚嚇。

原來幾天前唐敖和多九公才打聽到林之洋的消息，說他到國舅府賣貨，被國王看上了，所以把他留在宮裡，要封他爲貴妃。他的妻子呂氏和女兒林婉如聽到這個消息，都痛哭失聲。

唐敖和多九公想了很多辦法要救林之洋，但是女兒國人那麼多，硬搶絕對不是辦法。這天走到女兒國路上，忽然看到一張榜單，說是要徵求治水患的英雄。

唐敖靈機一動，撕了榜單。

「你是哪裡來的女人，竟敢大膽撕榜？」

唐敖說：「我是大唐來的商人，在我們那兒，我可是男人呀。我的專長就是治水災！」

多九公知道唐敖在說謊，緊張得不得了。

唐敖告訴圍觀百姓說，他有把握治河，但前提是，他有個親戚被國王留置在宮中當貴妃，如果放了這個貴妃，讓他回到大唐，他就會把河治好！

「萬一河治不好怎麼辦?」多九公小聲問。

「不管了，火燒到眉毛了，先救人再說！，萬一不行的話，你就開船到鄰國，把船上貨物都送他們，找人來救我們！」

那些百姓們很老實，一聽到放貴妃就有人治河，都到皇宮面前大喊大叫，要國王以百姓福祉為優先。國王貪圖林之洋美色，不肯放人，百姓越鬧越凶。國王還派了兵馬鎮壓百姓，炮聲隆隆，想把百姓嚇走。有人大哭說：「與其被水淹死，不如被這個昏君殺了圖個乾淨！」

眼看著聚集的百姓越來越多，國舅只好出面安撫百姓，要他們先散去。

看到外面的紛爭暫時平息，國王進了宮裡坐在林之洋旁邊，打量著這個嬌羞的美人兒。林之洋被整了這麼些日子，體態輕盈多了。國王越看越愛，但看他愁容滿面，對他說：「你能當貴妃，也不枉費這輩子身為女兒身了，應該要開心才對！陪朕喝兩杯！」

林之洋酒量其實很大，但因為吃不下飯餓了好幾天，一喝了幾杯竟然天旋地轉。國王看他已經醉了，笑著摟著他的肩，說：「時候不早了，我們去睡覺吧！」

宮女們立刻上前把林之洋外衣和首飾都脫了，把他放進了紗帳裡。

當晚林之洋果眞乖乖就範了，成爲國王的貴妃。

唐敖住在迎賓館，等著人們用林之洋來交換他治水的承諾，沒想到一點動靜也無。百姓們天天圍住王府，國王卻不肯把寵愛的林貴妃交出來。

國王後來開出了一個條件，說：「這樣吧，如果那個大唐來的人眞能治好水患，我就讓林貴妃回去，如果治不好，那麼連他也別想回去了！」

國舅到了迎賓館，把國王的意思告訴唐敖。唐敖沒辦法，只能說他要去看看水患情形，才能夠想到治河方法。

多九公還有心情對唐敖開玩笑：「看起來，生米已經煮成熟飯了。你的大舅子成爲女兒國貴妃，萬一國王和他生個一男半女，你也變成皇親國戚了，恭喜恭喜！」

唐敖也想笑，但還眞笑不出來。

第二天，他和國舅一起去觀察水患的來源。雖然他不是內行，但也看得出河流是因爲泥沙淤積，所以大水一來，兩岸就會泛濫成災。一問之下，才知道女兒國沒有產銅鐵，民間的刀子都是竹刀，就算是貴族，也只能用銀刀，這些材質是沒有辦法做成好用工具的。他想到了船上當時拿來鎭壓船艙的那些鋼鐵，先要國舅派工匠來，把他在大唐時看到的工具都畫了圖，要工匠們造工具。又讓人在河中築起土壩。

女兒國的工人都是女性，腦袋都很靈巧，工夫也細，唐敖一說就懂了。

唐敖忙著治水，被纏足的林之洋卻只能睡在國王旁邊暗自流淚，國王雖然長得俊秀，但是眼中有一股殺氣，林之洋纏了足跑不掉，也不敢違抗。林貴妃以淚洗面時，年輕的太子來看他，跟他說：「有個大唐來的唐貴人，正在治河，聽說只要他治好河道，您就可以回大唐了！」

林之洋眼裡恢復了一絲光彩，又等了一些日子，太子來告訴他：「水患治好了，父王答應送你回去！」

林之洋知道唐敖正在爲自己想辦法，正高興，太子卻忽然跪下來說：「我大難臨頭，您一定要救我！」

「你是太子，會有什麼事？」

「我八歲當太子，到現在已經十四歲了。不久前我的母后去世，父王的西宮貴妃非常受寵，想要立自己的兒子當太子，常常陷害我，最近，父王好像越來越討厭我，眼看著我就要有殺身之禍！您可以帶我去大唐嗎？」

林之洋說：「可是我們那裡的風俗不一樣，你到我們那兒，要換女裝，很不容易的！」

太子說：「我無所謂，我只要能活命就好！」

林之洋本來想把他藏在轎子裡，可是身邊的宮女們都在監視著，沒辦法這麼做。太子來送行，哭著跟他小聲說：「我住在牡丹樓，你一定要派人來救我！」

林之洋回到了船上，看到唐敖，感激不已，不過因爲他纏了足，雖然放了，還是走得很慢，一搖一擺的。

「爹爹耳朵上還掛著金耳環，我幫您拿下吧！」連林婉如也忍不住笑了。

「都怪厭火國的火把我的鬍子燒掉，害我變得這麼清秀，國王才看上我！」林之洋哭笑不得。

不過，這國王還算講信用，除了送他回船上，還給了唐敖黃金一萬兩。聊了幾句之後，林之洋才想起要救太子的事情。他想起唐敖吃過仙草，可以跳得很高，到牡丹樓救太子，應該沒有問題。

到了晚上，兩個人又偷偷溜進了女兒國，到了皇宮，唐敖把林之洋揹在身上，跳過了城牆，但馬上聽到了狗叫聲，一不小心，兩個人的衣服都被狗咬住了。接著馬上有人提著燈籠來抓賊，唐敖趕緊跳上高牆逃走，林之洋卻被巡邏的宮女捉了，有人認出他正是林貴妃，又被帶到國王那裡。國王看了他，還以爲他是因爲太想念自己才回來的，又叫原來的宮女把他迎進宮裡一樣伺候。

林之洋只好將計就計，跟那些伺候他的宮女們約法三章：「我今天會回來，就是要來進宮爭寵的，你們給我好好聽著，不然，以後你們就會遭殃！一，纏足、擦粉我會自己來，你們別動手。二，太子來找我說話時，你們自動讓開。三，我晚上要自己住，你們把我的門上鎖就可以！我都自己回來了，怎麼可能逃走呢？」

宮女們想想也對，都答應了。當晚，林之洋在房裡聽見唐敖彈指敲窗的聲音，說：「現在房間被鎖著，我出不去，明天我跟太子商量一下，一旦想出脫逃的方法，我就會讓人在窗前掛起紅燈！」

聽說林之洋回來了，太子和林之洋商量了計謀。「第二天是我生日，麻煩您幫我準備宴席祝壽，然後把你這邊的宮女都送到太子府來參加宴會，您一起來，我們就在牡丹樓上頭掛紅燈。」

林之洋果然這麼做了。兩人一上了牡丹樓，開窗掛了紅燈，埋伏在附近的唐敖看見了，跳進了房間裡。背上揹著林之洋，手上抱了太子，在夜色中跳過了好幾堵高牆，到了城外。

到了船上，多九公趕緊開船。

太子換了女裝，認了林之洋當義父，和在船上的婉如和蘭音相談甚歡。唐敖這才知道太子名叫陰若花，恍惚間他想起了自己做過的夢，夢中那個神仙說，有十二名花仙流落海外，要他找回來。而他遇到的這些女孩子，名字裡還眞的有花有草。除了司徒蕙兒，黑齒國的紅紅又名紅薇，亭亭又名紫萱；其餘如廉錦楓、駱紅蕖、魏紫櫻、尹紅萸、枝蘭音、徐麗蓉、薛蘅香、姚芷馨，加上陰若花，剛好十二個人！

一行人又跟著船往前開，到了軒轅國。這國內的人長得怪異，都是人面蛇身，每個人都把蛇尾巴盤在頭上，鬧區裡賣著的不是雞蛋，而是鳳凰蛋！

離開軒轅國之後，他們的船在船上遇到暴風雨。這暴風雨來得很快，明明是晴天，一下子就成雷雨交加，狂風呼呼作響！還一連颳了三天，把船上的人暈得昏頭昏腦。三天後才把他們颳到一座山腳下。

「啊，這難道是傳說中的小蓬萊嗎？」多九公想了想，發出了驚嘆的聲音。停船往上走，果然山清水秀，像個人間仙境！

8 蓬萊仙境到了

唐敖和多九公上了蓬萊仙島遊玩。這個島上的山水處處都像仙境一樣，白鶴和鹿群看到人也不走，任人撫摸，彷彿家裡養的貓狗似地，樹上松子結實累累，採來吃滿口清香。天快黑了，多九公催促唐敖上路，唐敖還依依不捨，根本不想離開。

唐敖說：「上了這個島，一點名利心也沒有了，只想看破紅塵！」

這麼說時，唐敖看到一隻身上滿是紅色小圓點的白色小猴，手裡拿著一枝靈芝，在眼前跳來跳去。多九公知道那靈芝是仙草，於是慫恿會跳躍的唐敖去抓白猴子，把仙草搶過來。白猴看到有人要來抓他，鑽進了一個樹洞裡，樹洞很淺，唐敖不費吹灰之力就把白猴子抓住了，拿了靈芝給多九公吃，把白猴子帶回船上。

林婉如看見這白猴子十分開心，跟唐敖要了過來，和同在船上的蘭音和若花一起逗猴子玩。

第二天天亮，多九公和水手們打算開船繼續前行，卻找不到唐敖，原來他捨不得仙島，一大早又到島上去了。

本來以爲他只是去散步，可是他竟然到天黑也沒回來。大家分頭找他找了好幾天，都找不到他，林之洋十分著急。多九公說：「他該不會是想待在這個島修煉仙道吧？他吃過了肉芝和朱草，已有仙風道骨，如果他想回來，不該會被困住，但如果他不想回來，我們這些凡夫俗子也找不到他！」

林之洋不肯放棄，非得找到他才願意開船。等了超過半個月，林之洋天天上山找他，還是不見人影，直到多九公在一座石碑上，看到有人用筆在上面寫詩，墨跡看起來很新：

逐浪隨波幾度秋，此身幸未付東流。
今朝才到源頭處，豈肯操舟復出遊！

詩末是唐敖的簽名，簽名前還有「謝絕世人」四個字。

「他應該是眞的想在這航程的終點成仙去了，我們走吧！」多九公還是比較了解他的，唐敖的行李都還在船上，只有筆墨硯臺不見了。

再怎麼捨不得，還是得揚帆回到嶺南，一路上，沒有了唐敖，人人心情黯淡。回程只用了一半的時間，但越靠近家門，林之洋越心慌，畢竟唐敖是他的妹婿，他眞不知道怎麼對妹妹交代。

他和妻子呂氏商量，決定先撒個謊，告訴自己妹妹，唐敖是去長安考試了，免得妹妹太過傷心。

林之洋又讓蘭音和若花到多九公家寄住，和借宿他家的兩個甥女田鳳翾和秦小春一起作伴。這兩個女孩都跟多九公讀過書，長得也很俊秀，四個女孩非常合得來。

唐敖的妻子林氏這幾年跟著受了些苦：唐敖考進士一直沒上，上了又被取消資格，降爲秀才，接著又不告而別，只寫了封信說他要跟林之洋出海。爲了這事，林氏一直怪著林之洋夫妻。

父親不在家，小山每天都在寫詩習字。有一天，她的叔叔唐敏笑嘻嘻地對她說：「好消息，我剛看到了一則皇帝的詔書，眞是空前的好事！我們的女皇帝爲天下婦女頒了十二道命令，我講給妳聽！這十二條命令，都是對女人好的，讓孤女得撫養，也讓女人老後有人撫養，最重要的是，除了這十二條之外，還打算再加一條：讓天下才女都可以參加考試！妳去年不是問我有沒有女科舉嗎？如今還真被妳說中了！」

唐小山喜出望外，說：「謝謝叔叔告知，我要趕緊用功！不知道有沒有年齡限制？我年齡會不會太小？」

唐敏說：「跟男人考試一樣，其實年紀越小，反而越好！」

過了年，果然頒布了女科舉的詔書。這個考試由每縣開始舉辦，考上的就可以考郡試，通過郡試，會得到「文學淑女」的匾額，也可以參加部試。考取部試，又得到「文學才女」匾額，再參加殿試。殿試第一名叫「女學士」，第二等稱「女博士」，第三等稱「女儒士」，每年還有俸祿，說不定將來可以到皇宮裡當女官……連父母都可以連帶受到褒獎。

這年唐小山十四歲，兩年後考試正式舉辦時，正好十六歲，符合考試資格。從此，小山和弟弟小峰一邊努力念書，一邊盼望著父親早點回家。這兩年，正是唐敖跟著林之洋出海的那兩年。

終於等到舅舅林之洋的船回到港口，但是，回到家裡的卻只有林之洋，不見唐敖的身影。

「他覺得自己考上探花又被朝廷取消，沒臉回家，說要再到京城裡靜心讀書，等下次再中科舉，才願意回來！」爲了怕妹妹怪罪，林之洋滿口都是謊話。

唐敖的妻子林氏和唐小山聽了這理由，無論如何不敢相信。唐敏也說：「我哥雖然一直喜歡考試，但也不致於連家都不想回來！怎麼可能遇到挫折，個性變這麼多！」

「我也勸過他，但他就是不聽勸！」林之洋說。

「都是哥哥帶他到海外去，玩到連家都不回來了！」林氏說。

林之洋說：「這怎麼能怪我，我沒邀他，是他自己要去的！」

小山插嘴說：「這樣吧，舅舅把我帶到京城去見父親，我去勸他回家。」

林之洋嚇了一跳，說：「妳年紀這麼小，怎麼能出遠門？嶺南到京城可要經過千山萬水，不是那麼容易的……妳要去，就叫妳叔叔帶妳去……」

唐敏聽了，想到了個好建議：「這樣吧，小山，妳好好準備考試，如果明年考過郡考，我就在考試後早點帶妳進京去看妳父親，好嗎？妳如果能參加殿試，就一定可以進京了！」

林之洋把在女兒國賺來的一萬兩銀子給了妹妹林氏安家，也把當時廉錦楓送的明珠給了唐家。但林氏還是一直怪他，他只好推說有事趕快開溜。賤買貴賣，商人之道。這趟回國，林之洋把帶回來的燕窩賣了個好價錢，買了幾頃田。沒多久，他那在旅程中懷了孕的妻子呂氏，為他生了個兒子。

唐小山和母親去探望呂氏和新生兒，順便和林婉如作伴。有一天，從海外帶回來的那隻白猿，在林婉如和唐小山聊天時，忽然從床下把唐敖的枕頭拿了出來。

小山一看，認出是父親的枕頭。往床底下一瞧，看見了一個包裹，包裹裡頭都是父親的東西。

「父親的東西怎麼會在這裡？」她心想，父親一定是凶多吉少，所以舅舅才把遺物藏著。林氏剛好走過來，看了丈夫的東西，也失聲痛哭。

林之洋想，這下瞞不住了，只好說實話。「別哭了，別哭了……」他說了唐敖在蓬萊仙島求仙的前後故事，「我不是不想帶他回來，但我們找了他一個月，吃的米也沒了，水也乾了，只能先回來……」

這麼一說，林氏和唐小山哭得更淒慘。

「如果眞是如此，你為什麼一開始不告訴我們實話？要等到我看到包裹才告訴我們？」唐小山說。

林之洋無言以對。

「舅舅你一定要到海外去，把我父親還給我們！」

林之洋只好說：「妳舅媽剛生孩子，身體很虛弱。這樣吧，等她身體好了，我們再一起到海外去把妳父親找回來，好嗎？我們遲早還是要到海外去做買賣的嘛。」

他又找了林婉如做證，把唐敖當時在蓬萊仙島留下的詩給小山看：「後頭兩句說：『今朝才到源頭處，豈肯操舟復出遊！』就是他看破紅塵的證明，我沒有騙妳！」

然而，小山非常堅持要親自去找父親，儘管她為明年六月的考試準備了很久，但是她寧可放棄考試，也不願意放棄可以見到父親的機會。林之洋只好答應等妻子滿月之後，要帶小山一起到海外去尋父。

小山起程的時候是炎熱的八月。林之洋又買了一些貨物上船，懇求多九公一起去。住在多九公家的還有兩個當年從海外回來的女孩，枝蘭音和陰若花，多九公要善解人意的蘭音先住到唐小山家，陪唐小山的母親。而陰若花和林婉如則自願陪小山再度出海。

小山這才知道，陰若花本來是女兒國太子，被王妃所害，才「流落」到大唐來。幾個女孩談得十分投機，以姐妹相稱。

出海之後，林之洋有意要讓唐小山高興，但是唐小山在船上，不管看到什麼景色，都淚流滿面。多九公只好一直講故事給這些女孩聽，讓她們覺得航海生涯並不寂寞。入冬時，唐小山病了一個月，身體很差，復原時已經到了新春時節了。

這天船走到接近駱紅蕖家，林之洋說起當時駱紅蕖打老虎這件事，想去探望一下駱家。唐小山、陰若花和林婉如也要求同去。

到了原來的駱家住處卻空無一人，林之洋問了農人，才知道駱太公去世了，駱小姐把田地都分給了當地貧苦農民，搬到水仙村去。

什麼人都沒找到，唐小山悶悶不樂，三個女孩回到港口，卻看到多九公和一個老道姑在講話。那個老道姑不像正常人，一臉黑氣，看著讓人害怕，她手裡拿靈芝，要多九公將她渡到一個叫「回頭岸」的地方，說要把靈芝當成船費付給他們。

「可是……」多九公說：「航行那麼多年，從來沒聽過有個叫回頭岸的地方，我覺得她瘋了！」

唐小山聽見道姑自顧自地唱起歌來：

我是蓬萊百草仙，與卿相聚不知年；

因憐謫貶來滄海，願獻靈芝續舊緣。

這首歌不知怎的觸動了小山的心，連忙上前恭敬地說：「我們願意讓仙姑上船，有請！」

仙姑把靈芝給了小山，說：「妳看起來有病容，吃這個正好！」

多九公曾經因爲吃了靈芝，拉肚子拉了半條命，說：「靈芝這個東西不是人人能吃的，我在小蓬萊吃了一根，結果一直拉肚子，差點沒命！到現在都還覺得虛弱！」

仙姑看著多九公冷笑：「那是你仙格不足，和靈芝無緣！靈芝是仙人吃的，如果誤給貓狗服了，那貓狗可是會生大病的！」

多九公知道這老道姑語帶諷刺，氣炸了。

小山吃了靈芝，果然神清氣爽。本來這道姑的臉上有幾分黑氣，看來十分猙獰，小山吃了靈芝後再看道姑，只覺得她一臉慈善，仙風道骨，和藹可親。但在婉如和若花眼裡，道姑還是一臉黑，一點也沒變。

「道姑有什麼法號？」小山恭敬地問。

道姑對小山說：「我是百花仙子的朋友，妳可記得？」

聽到百花這兩個字，小山好像被打了一棒似地，但卻怎麼也想不起來為什麼。小山當下只想要拜這仙姑為師，請她收自己為弟子。但多九公看到了，卻認為小山中了這道姑施的妖術，要林之洋來把這仙姑趕下船。林之洋趕緊進船艙來趕人。

「妳這老妖婆，再不走我打人了！」

「纏足大仙，你不用趕我，我只是來這裡見老朋友！我自己會走！」她對小山說：「妳放心，我們後會有期！」說著，就下船了。

「舅舅，為什麼她叫你纏足大仙，你還滿面通紅？」

林之洋想起被女兒國選做王妃纏足的慘事，支吾其詞，不肯說實話。小山也就不好再細問下去。

說也奇怪，吃了靈芝之後，小山再也沒有生病了，不管風浪多大，她的精神都非常好。

不久船行到水仙村。本來林之洋以爲駱紅蕖來這裡找廉錦楓，沒想到連廉錦楓也不在，一路上想找的人全錯過了。然而，這一路非常順暢，上一次航行時常碰到暴風雨，這一次卻在風和日麗中乘風破浪，已經走了好遠的路。

這天，船停在岸邊，不遠處有個山嶺，上頭密密麻麻都是果樹，桃李橘棗都有，成熟的果子香味撲到船上來，水手們都被這野生的果子吸引了。林之洋和多九公跟著到嶺上採了許多鮮果，回船上分給妻子呂氏和小山、婉如、若花等人吃。

過了一會兒，林之洋要水手們開船，水手卻一個一個睡昏了，他自己也覺得天旋地轉，四肢無力。就在他慌張失措的時候，林子裡走出了許多女人，把船上所有人都攙扶上岸。大家都昏了，只有小山一個人沒事，但她寡不敵眾，就算沒事也得裝做有事，毫不反抗地跟著大家一起，到了一個石洞。

石洞裡頭，有個戴著鳳冠，身穿官服的美麗女妖，臉上有條明顯指痕，女妖身邊有個十分年輕的男妖，長得唇紅齒白、皮膚水嫩，雖然是男的，身上卻穿著女裝，這景象讓多九公想起了女兒國來。

不過，也不是所有妖怪都長得漂亮，他們身邊有兩個男妖，一個臉色比橘子還黃，一個比棗子還黑，看起來奇醜無比。

女妖笑著說：「逮到這些人眞不費事，他們眞是貪吃，根本沒查覺水果中有酒母這樣的迷藥！總共有三十多人對吧，我們怎麼吃他們才好？」

少年男妖說：「他們現在吃了酒母，皮肉有酒味，不如將他們釀成酒，姐姐覺得如何？」

黑面男妖說：「男人釀起來是濁的，女人釀起來是清的，一定得分開來釀才行！」

黃面男妖說：「那不如讓他們喝飽酒，全身都是酒母味，更容易釀一些？」

女妖說：「眾卿說的都有道理！」又指著林之洋說：「這人和你長得像，要不要把他留下，送給賢妹你作伴？」

男妖看了看林之洋：「他雖然長得不錯，但嘴上有鬍鬚看來很噁心，把他拔光，我才要！」

一群女妖立刻把這些船上的俘虜帶到後頭，灌他們酒，想要把他們蒸熟，只有小山一個人的神智是清楚的，暗暗祈禱：「我唐小山到海外尋親，沒想到卻遇到妖魔，就快沒命了，神啊，快來救我，要我怎麼報答都可以！」

祈禱完，有個道姑出現在她身邊，對她說：「我就是來救妳的！」

道姑對小妖說：「這酒眞好，快多拿點來喝！」小妖們乖乖地去拿酒，道姑像個沒有底的罈子，怎麼也喝不滿，直到把洞裡的酒都喝完了，小妖只好去稟告女妖頭目，女頭目和三個男妖聽了趕快過去查看，道姑一見到他們就張開嘴把酒噴出來，像噴泉一樣，化成一道白光，頓時洞裡洞外，芳香撲鼻。

道姑大叫：「你們這些畜牲，快給我變回原形！」忽然天空出現彩雲，以及桃李橘棗四樣水果，分別打中四個大妖精，他們滿地打滾，變成了幾顆小小的東西。原來是一個李核，一個桃核，一個棗核，一個橘核，被道姑收進手裡。

「啊，黃臉是橘子，黑臉的是棗子！」多九公這時也清醒了。

小山知道是仙人救了他們。

「那個男的穿女裝，看起來是跟我們女兒國學的！」原本是女兒國太子的陰若花說。

小山沒到女兒國，所以聽不懂，婉如於是把林之洋在女兒國被國王選中，強迫他纏足當王妃的故事告訴她。小山笑說：「我懂了，難怪之前那個道姑叫舅舅纏足大仙，舅舅會滿臉通紅！」

脫困後，眾人繼續搭船前行，沒走太久，就看到一座似曾相似的島。「奇怪，難道已經到了目的地了?上次走了那麼久，這次不費吹灰之力？」多九公和林之洋上了岸，果然發現「小蓬萊」的石碑，才相信真的已經到了。

小山非常高興，第二天起個大早，和水手們一起出發，一起慢慢登上小蓬萊的山頂。

她在小蓬萊石碑下看到父親唐敖當時留下的詩句，放眼望去，這裡的確和仙界一樣，好山好水，福地洞天，她心想：「難怪父親不肯回來！」

「妳父親如果在此修行，應該都在深山之中，眼前的山一座又一座，找人實在困難！除非他自己跑出來，否則怎麼找得到！」林之洋說。

但是唐小山非常堅持要去尋找父親，要林之洋等人在岸邊等，自己和陰若花一起入山去尋人，林之洋說不過她，只好拿了一包食物給小山。

對於這個脾氣倔強的外甥女，林之洋一點辦法也沒有。

9 山中看見百花榜單

唐小山和陰若花一早起來，帶著寶劍和糧食一起上山尋找唐敖。

兩個人一邊走一邊在山上的樹木和石頭上用劍畫記號，怕找不到回船的道路。

這蓬萊島上沒什麼人煙。晚上，她們很幸運地找到一棵枯掉的巨大松樹，裡頭有個大洞，還有一些枝掉的松葉，剛好是天然床鋪。山中很容易能找到泉水，餓了就吃著帶在身上的乾糧。只不過，前頭的山陵還是一望無際，不知道什麼時候才可能發現父親的蹤跡。

到了第八天，她們才看到另一個人，一個白髮樵夫迎面走來。小山喜出望外，問樵夫：「請問前頭是不是有人家？」

老樵夫說：「前頭有個山叫做鏡花嶺，過了一個墳地，就是水月村。水月村裡也只有幾個居民，妳來這裡做什麼？」

「既然這裡沒幾個人，請問您看過一個從大唐來的，姓唐的人嗎？」

「喔，原來妳是來找他的，我常跟他在一起呀！」

這話讓小山精神大振。

「前幾天他要我幫他送一封信到港口，說是只要遇到往大唐的船，就幫他寄出這封信，太好了，那我就不用再往前走，信就交給妳了！」

「妳等會兒到了前頭的泣紅亭，就知道妳父親的意思了！」樵夫神秘地笑著，接著像一陣風般迅速離去。唐小山看著那封信，信封上寫著「吾女閨臣開拆」，正是父親的親筆字。

信裡頭，唐敖要小山改名爲閨臣，說等她考上了才女，自然就會碰面。要她趕快回大唐。

「爲什麼要我改名去考試？」小山想不明白。

「我想，是因爲最近則天皇帝已經把國號改爲周，你父親要你明白，你還是唐朝閨中之臣的意思，信中還要妳趕快回去，以免誤了考期，顯然唐伯伯什麼都知道了，我們還是趕快回船上吧！」陰若花勸她。

但是小山還是不肯往回走，她認爲父親一定住在水月村裡，執意再往前，見父親一面。兩個人攀著天然的松木橋，越過了一道清澈溪流，站在高處，只看到層層山峰與松林，不遠處，雲霧簇擁著一座紅色的涼亭。

兩人到了那涼亭裡，看到泣紅亭的匾額，才想到剛剛樵夫提起過這三個字。泣紅亭裡有個很大的匾額，上頭題著鏡花水月四個字，下頭有個巨大的白玉碑，密密麻麻地刻著一百個女子的姓名：

司曼陀羅花仙子第一名才女	蠹書蟲	史幽探
司虞美人花仙子第二名才女	萬斛愁	哀萃芳
司洛如花仙子第三名才女	五色筆	紀沉魚
司青囊花仙子第四名才女	蝌蚪書	言錦心
司療愁花仙子第五名才女	雕蟲技	謝文錦
司靈芝花仙子第六名才女	指南車	師蘭言
司玫瑰花仙子第七名才女	綺羅叢	陳淑媛
司珍珠花仙子第八名才女	錦繡林	白麗娟
司瑞聖花仙子第九名才女	昇平頌	國瑞徵
司合歡花仙子第十名才女	普天樂	周慶覃

司百花仙子第十一名才女　夢中夢　唐閨臣
司牡丹花仙子第十二名才女　女中魁　陰若花
司木筆花仙子第十三名才女　風月主　印巧文
司洛陽花仙子第十四名才女　迴文錦　卞寶雲
司蘭花仙子第十五名才女　血淚箋　田秀英
司菊花仙子第十六名才女　玉無瑕　林書香
司瓊花仙子第十七名才女　龍鳳質　宋良箴
司蓮花仙子第十八名才女　藍田玉　章蘭英
司梅花仙子第十九名才女　百鍊霜　陽墨香
司海棠花仙子第二十名才女　花御史　酈錦春
司桂花仙子第二十一名才女　水中月　田舜英
司杏花仙子第二十二名才女　小太史　盧紫萱
司芍藥花仙子第二十三名才女　玉交枝　鄴芳春
司茉莉花仙子第二十四名才女　珊瑚玦　邵紅英
司芙蓉花仙子第二十五名才女　玉玲瓏　祝題花

司笑靨花仙子第二十六名才女	個中人	孟紫芝
司紫薇花仙子第二十七名才女	一剪紅	秦小春
司含笑花仙子第二十八名才女	蕙蘭風	董青鈿
司杜鵑花仙子第二十九名才女	小嫦娥	褚月芳
司玉蘭花仙子第三十名才女	錦繡肝	司徒嫵兒
司蠟梅花仙子第三十一名才女	神彈子	余麗蓉
司水仙花仙子第三十二名才女	凌波仙	廉錦楓
司木蓮花仙子第三十三名才女	小楊香	駱紅蕖
司素馨花仙子第三十四名才女	賽鍾繇	林婉如
司結香花仙子第三十五名才女	碧玉環	廖熙春
司鐵樹花仙子第三十六名才女	女學士	黎紅薇
司碧桃花仙子第三十七名才女	鸚鵡舌	燕紫瓊
司繡球花仙子第三十八名才女	天孫錦	蔣春輝
司木蘭花仙子第三十九名才女	三面網	尹紅萸
司秋海棠花仙子第四十名才女	小獵户	魏紫櫻

司刺蘼花仙子第四十一名才女 女英雄 宰玉蟾
司玉簇花仙子第四十二名才女 夢中人 孟蘭芝
司木棉花仙子第四十三名才女 織機女 薛蘅香
司淩霄花仙子第四十四名才女 女中俠 顏紫綃
司迎輦花仙子第四十五名才女 離鄉草 枝蘭音
司木香花仙子第四十六名才女 採桑女 姚芷馨
司鳳仙花仙子第四十七名才女 芙蓉劍 易紫菱
司紫荊花仙子第四十八名才女 清風翼 田鳳翾
司薔薇花仙子第四十九名才女 廣寒月 掌紅珠
司秋牡丹花仙子第五十名才女 鴛鳳儔 葉瓊芳
司錦帶花仙子第五十一名才女 鴻文錦 卞彩雲
司玉蕊花仙子第五十二名才女 夜光璧 呂堯蓂
司八仙花仙子第五十三名才女 清虛府 左融春
司子午花仙子第五十四名才女 意中人 孟芸芝
司青鸞花仙子第五十五名才女 睿文錦 卞綠雲

司石榴花仙子第五十六名才女 君子風 董寶鈿
司瑞香花仙子第五十七名才女 五彩虹 施豔春
司荼蘼花仙子第五十八名才女 鴛鴦帶 竇耕煙
司月季花仙子第五十九名才女 朝霞錦 蔣麗輝
司夜來香花仙子第六十名才女 水晶珠 蔡蘭芳
司罌粟花仙子第六十一名才女 書中人 孟華芝
司石竹花仙子第六十二名才女 綺文錦 卞錦雲
司藍菊花仙子第六十三名才女 連理枝 鄒婉春
司丁香花仙子第六十四名才女 玉壺冰 錢玉英
司棣棠花仙子第六十五名才女 錦帆風 董花鈿
司迎春花仙子第六十六名才女 雙鳳釵 柳瑞春
司千日紅花仙子第六十七名才女 雄文錦 卞紫雲
司剪春羅花仙子第六十八名才女 畫中人 孟玉芝
司夾竹桃花仙子第六十九名才女 羅紋錦 蔣月輝
司荷包牡丹花仙子第七十名才女 連城璧 呂祥蓂

司西番蓮花仙子第七十一名才女　比目魚　陶秀春
司金絲桃花仙子第七十二名才女　蛾眉月　掌驪珠
司剪秋羅花仙子第七十三名才女　鴛鴦錦　蔣星輝
司十姐妹花仙子第七十四名才女　花上露　戴瓊英
司麗春花仙子第七十五名才女　如意風　董珠鈿
司山丹花仙子第七十六名才女　堯文錦　卞香雲
司玉簪花仙子第七十七名才女　月中人　孟瑤芝
司金雀花仙子第七十八名才女　瑤臺月　掌乘珠
司梔子花仙子第七十九名才女　麒麟錦　蔣秋輝
司真珠蘭花仙子第八十名才女　女菩提　緇瑤釵
司佛桑花仙子第八十一名才女　龍文錦　卞素雲
司長春花仙子第八十二名才女　比翼鳥　姜麗樓
司山礬花仙子第八十三名才女　持籌女　米蘭芬
司寶相花仙子第八十四名才女　浣花石　宰銀蟾
司木槿花仙子第八十五名才女　胭脂萼　潘麗春

司蜀葵花仙子第八十六名才女　鏡中人　孟芳芝
司雞冠花仙子第八十七名才女　同心結　鍾繡田
司蝴蝶花仙子第八十八名才女　仁風扇　譚蕙芳
司秋葵花仙子第八十九名才女　眼中人　孟瓊芝
司紅荳蔻花仙子第九十名才女　鋪地錦　蔣素輝
司梨花仙子第九十一名才女　荊山璧　呂瑞蓂
司藤花仙子第九十二名才女　太平風　董翠鈿
司蘆花仙子第九十三名才女　瀟湘月　掌浦珠
司蓼花仙子第九十四名才女　鶴頂紅　井堯春
司葵花仙子第九十五名才女　海底月　崔小鶯
司楊花仙子第九十六名才女　鐵笛仙　蘇亞蘭
司桃花仙子第九十七名才女　賽趙娥　張鳳雛
司草花仙子第九十八名才女　小毒蜂　閔蘭蓀
司菱花仙子第九十九名才女　筆生花　花再芳
司百合花仙子第一百名才女　一卷書　畢全貞

小山把人名都看了一遍，發現唐閨臣這個名字在第十一名，陰若花在第十二名，婉如和蘭音妹妹的名字也都在上面，心想，難道才女榜單是上天老早刻好的？她跟旁邊的陰若花說了這上面的字，陰若花卻說：「妳怎麼看得懂這些蝌蚪古文？我一個字都看不懂呢！」

可是在小山眼裡，這根本就是尋常楷書，哪裡是什麼蝌蚪文？

小山本來打算繼續前進，但泣紅亭前頭卻是一座深潭，根本沒有路通往水月村。小山在亭子後頭看見了一首詩，署名就是唐敖：

義關至性豈能忘？踏遍天涯枉斷腸；
聚首還須回首憶，蓬萊頂上是家鄉。

「上頭的日期，就是今天！小山，妳父親的意思，必然是要妳別再找他了！我看，如果金榜題名是天意，我們不如趕快回船，別誤了考期！」陰若花說。

唐小山要若花找了竹籤，把白玉碑上的名字都刻在芭蕉葉上，打算帶回船上再謄寫。小山認眞地抄，陰若花在旁邊看她寫下的，竟然還是那些她看不懂的蝌蚪文！但是小山卻口口聲聲說：「我寫的明明就是楷書！」

「我懂了，這是天機不可洩露，我看不懂，也是應該的！」陰若花說。

到了第二天，小山才把所有的名字抄完，兩人對著亭子拜了兩拜，沿著舊路回去，然而原來用劍刻下的痕跡已經找不到了，兩人正爲迷路心慌，竟然在旁邊發現了不少寫著「唐閨臣」名字的木石。

「看來，妳父親根本就知道我們來了，這是他怕我們迷路，故意留下的啊！」

她們選擇沿著這些記號往回走，到了一座山嶺上稍作休息，正在慶幸離船越來越近時，卻聽見附近樹葉沙沙作響，一陣旋風颳來，一隻皮毛鮮豔的猛虎竟然從草叢裡鑽出，往她們撲來！

兩個人嚇得魂不附體，動也不能動，沒想到大老虎從她們頭上飛撲過去，原來老虎的目標是一頭本來就在她們身後吃草的山羊，老虎一口咬掉羊頭，不一會兒就把整隻羊吃完。吃完羊，火眼金睛地看著她們兩個人。

就在這時候，地動山搖，有匹怪馬從山峰上衝了下來。牠一身白毛，背上長著腳，四肢像虎爪，一條黑色尾巴甩呀甩地，嘴裡發出像鼓一樣的響聲。老虎看了牠，急忙逃離。

小山慶幸地說：「古書上寫過這種動物，叫做駮馬，專門吃虎豹的！」這隻駮馬走到她身邊，竟然像狗一樣對她搖頭擺尾，還在她面前吃起草來！這駮馬好像通靈似地，伏在她們前頭示意她們上來，然後載了一程，在離岸邊不遠的地方才放下她們。林之洋正帶著人在找她們，一看到她們大聲驚呼：「妳們去了二十多天，好在回來了，眞急死我了！」

一見面，小山就和林之洋說了山中的奇遇，並且決心把名字改爲「唐閨臣」。

返程路上，她和若花、婉如都拚了命在船上用功讀書，準備參加考試。怕的就是歸程不知道要航行多久。

一路順風，船行到兩面國。林之洋說：「我只願停在岸邊，不願上岸，這兩面國的人最壞，明著一張笑臉，頭巾後卻藏著一張臉，專門拐騙別人！」他把上回船停在兩面國港口，被徐麗蓉救了的事情說給這些女孩聽。又要水手們晚上輪流巡查，怕人來偷搶。

天亮了，林之洋終於鬆了口氣，要大家揚帆起航，沒想到忽然有許多小船包圍了它們，耳邊傳來槍炮的聲音。

一個一臉橫肉的大盜衝進船艙裡，原來正是那時被徐麗蓉用彈子打傷的那個人。仇家相見，分外膽戰心驚，大盜也認得林之洋，大叫：「殺了他！」

林之洋裝做不認識：「我第一次見你，你就要殺我，這樣也太奇怪了吧！」

大盜先叫人點了船上財物，船上還有白米、燕窩、青菜和幾十箱衣服。大盜說：「都給我收了……呵呵，這三個少女也長得不錯，都給我夫人當丫鬟，正好！」

他忘了要殺林之洋了，只把少女和貨物搬上自己的船，就飛快離去。

林之洋的妻子呂氏哭天喊地泣不成聲，多九公和林之洋急得不得了，卻也沒什麼辦法。

唐閨臣姐妹三人被帶到大盜的山寨中。大盜的妻子是個三十歲左右，長得非常妖媚的女人。看到大盜回來，就要人辦酒席慶功。

三個人正不知所措時，一個老僕婦帶了個皮膚很黑的女孩進來，原來那女孩是前一天被擄回來的。夫人要這四個女孩輪流倒酒，實習怎麼樣當侍女。

本來誰也不肯，但陰若花說：「我們照做吧，看能不能讓他們大醉，我們才有機會逃跑！」

黑皮膚女孩見她們都乖乖去倒酒，也跟著一起行動。

有女孩們連番倒酒，大盜喝得越來越暢快，一直看著她們四個少女傻笑，這讓夫人心裡不太舒服。

她對酒酣耳熱的大盜說：「這樣吧，我看你很喜歡她們，就把這四個都收作小妾如何？」

聽了這話，四個女孩嚇壞了。

「夫人此話當眞？」大盜傻笑說。

「眞的，我怎麼會騙你呢？我們沒一兒半女，如果你有了四個妾，多生幾個孩子，可不就熱鬧了？」

大盜開心地笑，說：「夫人眞是善體人意，我也有這個意思，只是怕妳生氣，既然妳這麼說……」

話沒說完，只聽到碗盤落地跌碎的聲音，那女人把桌子翻了，所有酒菜都在大盜身上！夫人像殺豬似地尖叫：「你這個沒良心的賊！美其名幫我找丫鬟，其實是在替自己找妾，我死了算了！」當場激動得拿起一把剪刀要割自己脖子！

大盜嚇得醉意全醒，搶過剪刀，跪在地上說：「我喝多了，我該死，不應該開這種玩笑，請夫人原諒我！」

勸了老半天，夫人不肯息怒。大盜說：「不然，妳處罰我吧！妳可以叫她們狠狠地拿木杖打我！」

「哼，想得美，要打也是我自己打！」

大盜不敢吭聲，讓夫人狠狠打了二十杖！夫人還要再打，大盜求饒說：「夫人，夠痛了，我不敢了，妳饒了我吧！」

夫人說：「哼，現在知道錯了吧？我問你，如果我討個男妾來，冷落了你，你開心嗎？你要討小妾，可以，先讓我討個男妾！」接著又連打了幾十杖，把大盜打得皮開肉綻，昏了過去！

「來人，把這四個女的，在你們大王醒來前，都送回原來的地方！」

林之洋正在煩惱時，竟然看到小嘍囉把女孩們送回來，而且還多了一個。

那個黑皮膚的女孩說：「我叫黎紅紅，是黑齒國來的，我父親去世很久了，昨天和叔叔出海做生意，遇到了強盜，叔叔被他們殺了，現在我沒有親人了，請你們務必收容我！」

多九公覺得她很眼熟，回想起來，原來她就是上一趟到黑齒國時，在學校裡讀書，學識淵博爲難了多九公的女孩之一。

四個女孩在船上結拜，紅紅年紀稍大，被她們尊稱爲大姐。

船隻順利啓程，但食糧全被強盜們搶走了，一連兩天只有水喝，大家都餓得發慌。只想要趕快到下一個港口買米。

唐閨臣餓得頭昏眼花時，忽然看到沿岸上有個道姑，手裡提著花籃來化緣。水手們說：「我們也沒東西吃，正想去化緣呢，妳倒先來了！」

那個道姑口裡唱著：

我是蓬萊百穀仙，與卿相聚不知年；
因憐謫貶來滄海，願獻清腸續舊緣。

唐閨臣聽了，一直在想這歌是什麼意思，於是開口請了道姑上船來喝茶。

道姑對著唐閨臣說：「我可是妳的老朋友，知道你們正需要化緣，所以特意提了花籃來！」

若花無奈地笑著說：「道姑，我們船上有三十多人，妳這小花籃，可沒辦法養我們這麼多張嘴巴！」

道姑說：「可別小看我這籃子！」說完用力把花籃扔到船上。

婉如把籃子裡的稻米取出來，謝了岸上的道姑，又把籃子扔還給她。

道姑告辭後，一件奇特的事發生了，那些米越長越大，大到一顆米可以讓一整船的人吃。

多九公看了這奇蹟說：「如果我想得沒錯，這稻子就叫做清腸稻！我曾經在海外吃了一個，足足有一整年都沒覺得餓呢！」

這解決了他們的缺糧之苦。唐閨臣心裡明白，又是仙人來救她了。

紅紅也是讀過書的，黑齒國也有女科舉，只是該國的習俗還是得向考官塞錢，因爲她沒有背景沒塞錢，所以沒法在黑齒國名列前矛。唐閨臣鼓勵她一起參加考試。

紅紅提起了留在黑齒國，才高八斗卻也沒錢沒背景的亭亭，說：「如果她知道大唐有女科可以考試，一定很高興。在黑齒國，再會讀書沒錢也沒用啊！」

唐閨臣把這事告訴林之洋。林之洋說：「這樣吧，我們反正要到黑齒國買米，就去問問亭亭要不要跟我們一起？不過，多九公上次被她嘲笑學問不夠，心裡恐怕還很介意呢！」

到了黑齒國，在女學塾裡找到了亭亭，亭亭在那裡當老師，收了幾個女徒弟。閨臣和若花，跟亭亭討論了孔子經典裡的學問，都互相敬佩。閨臣又故意考了亭亭大唐的歷史，要看她這個「外國人」對大唐是否了解，沒想到亭亭對於大唐歷史從夏商周以來的年號和大事，都如數家珍。然而，當她們開口邀亭亭一起到大唐考試時，亭亭卻面有難色地說：「我母親年紀大了，實在不能夠拋下她離開！」

沒想到亭亭的母親緇氏也是個讀書人，聽到大唐有考試，竟然也想去考，說考試是她一生最大的願望。

唐閨臣只好跟她解釋：「但這考試是有年齡限制……伯母……雖然看起來年輕……可是頭上都是白髮，怎麼隱瞞呢？」

緇氏堅持：「我們有黑髮的藥來遮白髮，也可以擦粉來掩飾皺紋，很多男人老到拄著枴杖都還在考秀才，我還能健康行走，爲什麼不能考？」

唐閨臣很爲難地說：「在我看來，考縣試還瞞得住，但萬一到了京城考試，可就沒辦法過關了！」

緇氏說：「只要能讓我考一試，我心願已足，不會一直往上考的，妳就答應我吧！」

唐閨臣只好勉強答應，讓緇氏陪著亭亭一起到大唐。

一群女孩在船上一起讀書，船走得很順，但怎麼算也不可能趕上考試日期。風一天比一天暖，春天眼看著就要過去，縣試在仲夏八月就要舉行，唐閨臣擔心得不得了，怕辜負父親期望。

奇蹟又發生了，本來前頭有個門戶山，船隻們爲了繞過這個嶺，要走個好幾個月，沒有想到，在洶湧的波濤之中，掌舵的多九公忽然看到山中有個大洞出現了，讓他們的船從中急急穿越……

10 順利返唐赴京趕考

照理說，按照之前的航路，一定會誤了考期。這回卻如有天助，大嶺中間洞門忽然打開了，林之洋一行人順利回到了嶺南。唐閨臣的母親林氏看到女兒回來，心中一顆大石頭才落了地，接到丈夫的書信，知道丈夫還在人世，雖然沒看到人，還是有些哀怨，至少安心了些。

閨臣知道自己這一路來都有仙人幫忙，天意就是要她趕上女科舉的考期，於是更加用功。和她一起回來的外邦姐妹，像陰若花、紅紅、亭亭，也都打算一起去考試，連這段時間替她服侍母親的蘭音，以及多九公的外甥女田鳳翾、秦小春也都飽讀詩書，於是相約一起應考。

閨臣回到家，沒看見叔叔，問嬸嬸：「叔叔去哪裡了？」

「開了女科舉之後，你叔叔可忙得很，教書去了。現在教的都是女學生，連太守女兒印巧文和節度史的女兒竇耕煙和縣令的女兒祝題花，都是他的得意門生！他一早出門，黃昏才會回來！」

唐敏一回家看見閨臣，非常高興，也發現家裡熱鬧多了。

不久，從海外移居嶺南的良夫人，也帶著他的兒女廉亮、廉錦楓，以及和她一塊兒來的駱紅蕖找到了唐家。林氏才知道唐敖做了許多好事，救了廉錦楓，還相中廉錦楓做唐小峰的媳婦。錦楓不只人美又孝順，還是文武全才，林氏深深讚佩唐敖的眼光。唐閨臣也和錦楓一見如故，很有話聊。

唐家本是地方士紳，林氏也很善於理財，不久前她把鄰居的房舍買了下來，讓這些海外投靠的人都住在隔壁。這群女孩一起向縣府遞交了報名表，也把籍貫改成了嶺南，駱紅蕖姓駱，怕人家想起她是駱賓王的親戚，改姓洛，紅紅取了個名字叫黎紅薇，亭亭改名為盧紫萱，連亭亭近六十歲的母親緇氏也謊報了年齡，說自己只有十六歲，前去考試。

又有一個十四五歲，五官秀麗的女孩顏紫綃找上了唐家門，紫綃是官宦家的女兒，家道中衰，從小學得一手好劍術和奇門遁甲之術，也有文采，很想要一起去考試，閨臣也收容了她。紫綃有輕功，行路比常人快很多，唐閨臣要她去找住在三十里外的林婉如，請她一起到同一個縣來考試。

紫綃說：「沒問題。」一溜煙，人就像飛的一樣不見了。

看到紫綃武功這麼高強，枝蘭音說：「她眞是身手不凡，將來如果我們有幸赴京趕考，有她保護，就一定高枕無憂了！」

唐閨臣想到，自己在泣紅亭裡曾經把那些上榜的人名抄了下來，上頭似乎有個女劍俠。只是前不久榜單被那隻白猿拿走，不知去了哪裡。那白猿本是林婉如的，因爲唐小峰覺得有趣，跟婉如借了來，沒想到有一天牠拿了小山抄的那些蝌蚪文字，神秘兮兮地離開了唐家。所以，唐閨臣只能憑著記憶，不再清楚誰榜上有名。

不久，林婉如、陰若花、田鳳翾、秦小春姐妹四個也來到了唐家，一起讀書準備應試。原來當天半夜，有輕功的紫綃已經把信送到林婉如家，婉如正準備脫鞋上床就寢，紫綃忽然飛進了婉如房中，嚇得婉如馬上躲在床下，還好若花膽子大，一看來者是個少女，出手接了信，看到閨臣的邀約，開心前來。

考前，女孩們一起去寺裡拜神，又遇到一件奇事。那住持是個老尼姑，看到了駱紅蕖，忽然兩眼都是淚，悄悄問她：「是不是駱賓王的後人？」紅蕖一家仍然是叛亂通緝犯，深怕有人報官，堅稱自己姓洛，與駱無關。

這老尼卻說：「我不會認錯人的，妳小時候，我曾經看過妳！我的徒弟和妳哥哥自小訂婚，現在也住在庵裡！」

這女孩叫做宋良箴。「她本姓李，她的父親是太宗第九個兒子，人稱九王爺。她在娘胎裡就被許配給駱家的兒子，然而她一出生，駱家就舉兵失敗，逃亡海外，我丈夫本在九王爺府中教書，我也就從小照顧良箴長大。然而，幾年後九王爺起兵和武氏對抗，兵敗之後他和我丈夫都被武氏殺害了，我只好帶著良箴一起逃到這個庵裡，庵裡的女尼過世後，我就繼承了這個庵。現在郡主已經十五歲了，每天藏在庵裡讀書，從來沒有出過門！」

在母親去世前，駱紅蕖也聽過這件事：哥哥和皇帝的孫女兒訂了婚，但這麼多年沒消息，又聽說親家早給武氏抄家滅族，他們都以爲這未來的嫂嫂早就不在了，沒想到會在這種情況下重逢。

在唐閨臣、駱紅蕖的極力邀請之下，宋良箴也加入了應試的行列。

縣考的日子很快就到了。大家本來以爲緇氏是開玩笑的，沒想到她非常堅持要參加考試，利用縣試允許女眷陪考的機會，點名時，緇氏謊報年齡，假裝是陪考人，要丫鬟替她應聲，就混過去了。縣試放榜，唐閨臣得了個第一名，若花、紅紅、亭亭都名列前矛，緇氏剛好吊車尾錄取。

到了郡試，大家都希望緇氏別再去了，免得大家都捏了把冷汗，沒想到緇氏又興致勃勃地硬要參加。又要丫鬟替她應聲，混了過去。而這一次，她竟然考了「文學淑女」的第一名。郡試錄取二十名，唐閨臣姐妹十二個，全都上了。

要去答謝考官時，緇氏裝病在家，怕被拆穿她是逾齡參加考試。

不久就是唐敏的五十大壽，唐家請人來演戲慶生，唐閨臣看到了唐敏的女學生：在郡試也榜上有名。大家相談甚歡，當下就在唐府結拜為異姓姐妹。

接下來就是部試，要到西京和全國來的女秀才一起考試。這回林氏和幾個夫人硬是把緇氏勸了下來，不再讓她再去考試，不然，一定會穿幫的。

林氏安排酒宴送行。唐閨臣和顏紫綃、林婉如、駱紅蕖、廉錦楓、田鳳翾、秦小春、宋良箴、黎紅薇、盧紫萱、枝蘭音、陰若花共十二人，一起浩浩蕩蕩動身前往她們誰也沒去過的京城，心裡充滿了盼望。

話說那年徐承志和唐敖離開之後，帶著徐麗蓉、司徒蕙兒兩個女孩，擔心被人聯想到他們與叛亂犯徐敬業有關，乾脆改為余姓，到了淮南。所以徐麗蓉就變成了余麗蓉。他們在淮南巧遇了當年的家僕，這家僕後來被非常同情徐敬業起義的淮南節度使文老爺收容。文老爺有五個兒子，所以也有五個未入門的媳婦，還有兩個女兒，都是讀過書的，聽說有女科舉，也打算回到本來的南方戶籍地應考，又碰到河東節度使章老爺，這章老爺有十個兒子，也有十個還沒過門的兒媳婦，還有四個女兒，都說要通過才女考試，才打算完婚。途中巧遇，結伴同行。

這一行人通過了縣試和郡試之後，繼續往長安前進，在路上巧遇了也打算上長安的唐閨臣一行人。婉如上次航行就已經認識了麗蓉和蕙兒，久別重逢，目的相同，無限歡喜。

駱紅蕖也得到哥哥駱承志的消息，原來哥哥已經到了大唐，正在小瀛洲避難，放心許多，也把此事告知最近才相識的未來嫂嫂宋良箴。一路上，女孩們說說笑笑，赴京趕考倒像是出遊一般。

某一天晚上，到了一個旅店住宿，她們看到一群兵押著一個犯人，犯人在木籠裡，形容憔悴。那些士兵告訴路人：「這個年輕人是以前九王爺的兒子李素，他逃亡多年，終於被我們抓了！」

李素，正是宋良箴的親哥哥，前頭說過，宋良箴本名叫做李良箴。李姓是大唐皇族，但武則天爲了當皇帝，把姓李的皇族都殺得差不多了，所以爲了保命也爲了避難而改姓宋。良箴聽了這話，嚇得驚慌失色，淚落不止，懇求閨臣和紅蕖幫忙救哥哥出來。

這群女孩中，能有本領救人的就是武功高強的顏紫綃了。閨臣怕人多嘴雜，把自己和紅蕖、良箴、紫綃分在同一個房間裡，研究如何救李素出來。

多九公打聽到，李素已經逃亡很久了，也改姓宋來避災，而且被一個宋家村裡的富人收留，看他年輕英俊，還讓外甥女燕紫瓊跟他訂親。但是李素的右眼有兩個瞳孔，非常好認，他平常在宋家村教武，大家都叫他「三眼彪」。有人密報官府，又逢他近日生病臥床，所以官兵抓他毫不費力。

陪著這些女孩赴京趕考的多九公，也打聽到押解囚犯的路徑。

到了晚上，顏紫綃把頭髮綁了，換了一身紅衣，胸前插了劍，說一聲：「我去了。」一跳，馬上消失在女孩們眼前。宋良箴還不知道顏紫綃有這本領，嚇得目瞪口呆：「呵，她眞的很像古代的女劍俠聶隱娘啊！看來，我哥哥可以保住一命了！」

三個人只能在房中等候，到天快亮時，只聽到嗖地一聲，顏紫綃忽然從外頭飛進來，隨著她進來的，還有一個女人，也穿著夜行的輕便衣服，一身紫，胸口一樣帶著寶劍。三個人滿懷疑問地起身相迎。

宋良箴開口問：「我哥哥呢？」

顏紫綃對宋良箴道：「我帶回來的這位姐姐，也是妳的親人呢！」

原來她就是和良箴哥哥李素訂婚的燕紫瓊。顏紫綃一個人去劫囚營救李素時，碰到了武功高強的燕紫瓊也來救夫，兩人合力打敗了官兵，把李素先送到燕家莊藏起來養病。良箴聽到這兒，破涕爲笑。

不過，送到燕家莊似乎也不是辦法，人們都知道李素是燕家莊女婿，駱紅蕖聽了，提出一個主意，利用半夜無人，將李素送到自己哥哥駱承志暫時躲藏的海外小島小瀛洲避難。

燕家是大財主，也對李唐王族忠心耿耿。大家都知道，則天皇帝年紀大了，只要武氏家族沒有動作，這政權遲早要還回李氏手裡。在燕家莊就藏著不少英雄好漢，等著有一天助李唐王族一臂之力。

李素既然安全無虞，文武雙全的燕紫瓊也打算隨著唐閨臣她們進京應考。她們一行才女在燕家莊受到盛大招待，而燕紫瓊的表姐妹張鳳雛和姜麗樓，也都是讀過書的，要求一起應考。燕紫瓊健談，和她吃飯，聽她談笑風生，一點也不寂寞。

剛吃完晚飯，有個穿著一身桃紅色便服的美麗女孩飛入堂中，嚇了大家一跳。她來勢洶洶地說：「昨天是誰劫了李素的？我要見見這人！」

顏紫綃仗著功夫好，拿劍出陣，說：「就是我！」紫瓊也向前說：「還有我！我也參加了，妳是誰？問這個幹什麼？」

來人說：「我行不改名，坐不改姓，我叫易紫綾，我家世代都是大唐巡捕！我替我爹來找你們！我知道你們劫了叛徒，所以特地來帶他回去！你們快把他交出來！」

紫瓊冷笑說：「虧你爹還是大唐的官，李素是九王爺兒子，哪裡是叛徒，又哪裡有罪？妳這樣根本是是非不明！」

易紫綾聽了，面紅耳赤，無言以對。

紅蕖出來打圓場，要易紫綾一起坐下聊聊。燕紫瓊又讓人準備了酒菜，姐妹們左一句右一句，竟然也把易紫綾說動了。易紫綾告別時說：「唉，我家現在拿的是大周的俸祿，也只能效忠大周，我就回答他們找不到人，希望以後有緣能夠再與各位相見！」

易紫綾走後，唐閨臣這二十多個女孩受到了燕紫瓊的款待，一起在花園涼亭中喝茶，燕紫瓊果然是富貴人家出生，講得一口茶道。大家又上了一課。

這天吃晚飯時，她們又碰上了一個熟人。

原來，燕家樂善好施，所以常有人來投宿，這天有四個女子來住這燕家提供的女子宿舍，駱紅蕖一看，有兩個少女很面熟：那不是和她們失去連絡很久的薛蘅香和尹紅萸嗎？

這兩個人，都是當時駱賓王起義時，逃到海外的「叛亂犯」之女，曾經被唐敖救過命，林婉如又出來一看，認出了另外兩人，是當年她在海外認識的姚芷馨，姚芷馨身邊，是當年扮男裝打死狻猊的魏紫櫻。

這四個人也是有志一同，文武全才通過了郡試，去參加女子部試的。相聚後，女孩們喝得酒酣耳熱，窗口又飛進來一個人，嚇了大家一跳。原來又是易紫綾！紫菱拿了個包袱回來，請大家既往不咎，說是要跟大家一起進京，湊個熱鬧！現在，這一行人總共有二十九人了，連同奶媽和侍女，浩浩蕩蕩，結伴進京城。

平安到了長安，則天皇帝讓應考的才女們住在九王府改裝的紅文館。老早有兩三百位女孩住進了裡頭準備考試。還派了官兵在此嚴密防守，以保護考生安全。

部試結束後過十天就放榜了。陰若花中了第一名部元，唐閨臣中了第二名。武則天自己看了幾分卷子，也看了看名單，說：「眞想不到女孩們這麼有文采，而且還有從國外來應考的，文章也寫得這麼好！」

這個考試是由卞濱和孟謨兩個大臣主辦的。太后問他們：「你們家的女兒，不聽說都是才女，怎麼榜上無名？」

這兩位大臣叩頭說：「因爲我們兩人擔任考官，所以她們只好迴避！還不只我們，只要與考試有關的官員，女兒們都不許參加部試，以免人家說閒話！」

武則天大嘆可惜，特別恩許了大臣們的女兒直接參加殿試。這些因爲父親而避的女孩，就有三十多位。

就在陰若花中了榜首的那天晚上，有人來紅文館找陰若花。多九公先見了這個人，知道「她」是女兒國的國舅，從女兒國千里迢迢到大唐來找人，一定有大事。還沒見到國舅時，陰若花心裡七上八下。

果然，國舅一看到陰若花，就淚流滿面地說：「你逃到海外沒多久，我和國王到其他國家去祝壽，沒想到你的後母西宮娘娘先下手爲強，趁國王不在，讓她自己的孩子登上王位！關了國門，不讓國王和我回女兒國！然而新國王即位之後，非常殘暴，好色好酒，殺害忠良，荼毒百姓，所以百姓聯手將他們推翻了。國王復位之後，非常想念你，他現在只剩你一個孩子了，希望你願意回去繼承王位！」

本是女兒國太子的陰若花嘆息道：「唉，如果不是西宮娘娘一直想要害我，我也不用逃亡海外啊！但是，一來我父親耳根子軟，身邊奸臣也不少，我這一回去，也可能再次受謠言所害，我實在不願意回去！二來，我沒有治理國家的才能，我寧願留在這裡考才女！」

國舅勸說：「你這麼說太讓我失望，也太讓女兒國的臣民失望！你難道真的要讓你家族後繼無人？國王當然有缺點，但是他經過了這個教訓，已經深自後悔了，他急著要見你一面，所以花了許多錢，借了一部飛車讓我到大唐來找你，你難道連回去見一面都不肯嗎？恐怕你以後想回去也未必有機會，你會後悔的！」

若花聽了這幾句話，很不高興地說：「我已經決定了，不會後悔！」

國舅勸不動若花。只好黯然離開。

陰若花非常想參加殿試，心意已決，四月一日就是殿試日期，武則天升朝，才女們群呼萬歲，則天皇帝細看這些女孩，溫文儒雅，和一般女子的氣質完全不同，非常歡喜。看到了其中三個名字，女皇帝若有所思，宣來了唐閨臣、國瑞徵和周慶覃這三位才女到跟前，問她們：「妳們的名字，是最近取的嗎？」

三人都誠實說是。

武則天說：「國瑞徵和周慶覃，這兩個名字都取得好！唐閨臣的名字，如果是新取的，就取錯了！」因爲武則天國號周，覺得前面這兩個名字吉利。姓唐又改名爲閨臣，這就是想要搞復辟了。

她自己出了考題，讓才女們當場書寫，密封了名字，又要上官婉兒和自己一同閱卷，選了前十名。前十名內的等級，則由各大臣一起評定。

放榜的前一天，女孩們都睡不安穩。第二天天一亮，多九公就出門替她們抄榜單去了。

11 百花仙子凡塵了心願

多九公出去抄榜單久久沒回來，才女們在屋裡越等越緊張，有人等得冷汗直流，生怕努力了這麼久，專程來京師應考，卻落第回家。

日頭高照時，聽見外頭一陣喧嘩，多九公回來了，跑得滿臉都是汗，看到正在等他的這些才女，氣喘吁吁地說：「恭……」上氣不接下氣，一個喜字說不出來。

多九公的外甥女田鳳翾和小春把多九公扶進大廳，讓人給他喝了杯茶，多九公才不喘了。

「我可有上榜？」秦小春、林婉如著急地問。

多九公點了點頭，從胸口取出了一份名單，陰若花幫忙朗誦了起來：

欽取一等才女五十名、二等才女四十名、三等才女十名。

第一名史幽探
第二名哀萃芳
第三名紀沉魚
第四名言錦心
第五名謝文錦
第六名師蘭言
第七名陳淑媛
第八名白麗娟
第九名國瑞徵
第十名周慶覃
第十一名唐閨臣
第十二名陰若花
……

唸到一百名，人人歡喜，全都上了，只是名次有高低。

名列第一和第二的史幽探和哀萃芳，本來就是當朝知名才女，所以大家也不感意外。只是沒料到，原來這榜單是改過的……

多九公說：「我天沒亮就在那兒等人塡榜，本來第一名是唐閨臣，第二名是陰若花，史幽探和哀萃芳是十一、十二名，沒想到榜單快塡完時，則天皇帝派人來說，唐閨臣名字不好，要人把一到十名和十一到二十名對調！沒關係，都考上了最重要！妳們快去打扮打扮，一旦放榜，就要進朝廷謝恩。」

唐閨臣聽了只是笑了笑，上榜就好，她也不是那麼在意。畢竟，她的名字的確是父親後來改的，觸武則天霉頭。武則天已經將大唐國號改爲周，她的名字意謂著唐朝閨中之臣，武則天怎能讓她當榜首呢！

最著急的秦小春和林婉如不見了，眾人找來找去，發現她們兩人在茅廁裡像傻子一樣，相對傻笑，能夠上榜，高興得都傻了。

用過早飯後上殿謝恩。一等的得到「女學士」稱號，二等授「女博士」稱號，三等授「女儒士」稱號。武則天又賜了每人金花一對，太平公主也設宴款待她們，一連六天，都有人請客吃飯。第七天又去謝了考官。

大家歡天喜地，以姐妹相稱。

第七天，武則天下旨召了陰若花去問話。

原來武則天接到了女兒國國王，也就是陰若花「父親」的信，說，他知道自己的太子已經在天朝考上女學士，但自己生了重病，非常想念若花，懇求武則天能夠降旨讓陰若花回到女兒國。

陰若花明白，這麼一來是非回去不可了。這一回去，她也得接任女兒國國王，於是她向武則天要了三個人，說自己勢單力孤，如果能夠得到這三個人的幫忙，那麼，治理國家就沒有問題。

這三個人，正是來自歧舌國的枝蘭音，陰若花曾跟她說過，如果她要當國王，就要精通三十六國語言的枝蘭音當宰相，另外兩個是黑齒國的黎紅薇和盧紫萱，也就是紅紅和亭亭。武則天也召見了這三個從外國來的才女，親自授與官職，要她們隨陰若花回國。

聽到了這個消息，和陰若花等人感情最好的林婉如心如刀割，淚眼汪汪。陰若花和黎紅薇、枝蘭音也萬分捨不得，淚眼相對，只有盧紫萱笑得非常開心。

婉如對紫萱說：「妳這個人怎麼這麼無情？難道皇上封了妳官，妳就樂了，完全沒把別離當成一回事？」

紫萱說：「妳還眞傻！我才不在意那個官名！我高興的是，我們幾個人不管在本國或大唐，之後必然也是庸庸碌碌，虛度一生。皇上要我們和若花回去，如果若花當了國王，我們一起幫忙她制禮作樂，讓她變成一位賢君，我們的人生就有了價值！妳要知道，天下無不散的筵席，我們爲什麼要這麼傷悲，把大好時光都變成苦海？還不如好好把握大家還在一起的日子！」

聽她這麼一說，大家都覺得有道理，於是決定輪流請客。盧紫萱也寫了信讓人捎給母親緇氏，要緇氏和她一起到女兒國。

唐閨臣仔細地看了那一百位上榜者的名字，在心裡嘖嘖稱奇，每個人的名字她都曾親手抄寫過，竟然和記憶中蓬萊島上泣紅亭那一百位的名字，一模一樣！

「無非是天意啊！」她想。

上榜之後，所有的才女輪番做客、吟詩作對、評論文章、下棋玩牌，在京師快意逍遙共度了一些時日。在一次酒席中，忽然有兩個氣質不凡的大美人，指名說要找唐閨臣。

唐閨臣一看，這兩個女人美麗非凡，氣質也不同凡人，然而表情卻怒氣沖沖，說：「我知道眞正的榜首是妳！聽說妳最近寫了個天女散花賦，我們也看到了，裡頭一直在譏笑風啊、月啊，我們到底惹了妳什麼？」

唐閨臣眞不知來者是何方神聖。這兩人一生起氣來，周遭的大好晴天，忽然變得天昏地暗、狂風陣陣。燕紫瓊、顏紫綃這幾個會武功的，瞬間都把劍拿到手上來了。就在這緊急慌亂的時候，那個曾經和唐閨臣偶遇的道姑出現了。

道姑向唐閨臣解釋，來者是嫦娥和風姨。而自己是百花仙子之前在天庭的同事百草仙子。唐閨臣在未下凡之前，擔任的是百花仙子的職位，因爲在王母娘娘的筵席上，不願意讓百花齊放來助興，得罪了嫦娥一幫人。當年百花仙子曾和嫦娥打過賭，說違反天意就要下凡受罰。多年前，武則天以火燒御花園爲威脅，讓各種花仙在來不及請求百花仙子允許下，匆匆忙忙在不適合開花的大雪之日下凡開放。違反了戒律，百花仙子和她的眾姐妹，只有下凡領罰了。

唐閨臣的父親唐敖，正是受了天命出海尋找十二位流落海外的花仙，才會和林之洋及多九公，有了一趟奇幻的海外之旅，也因任務達成，可以成仙，所以留在蓬萊島修仙道，沒有再回到大唐來。

如今，因爲武則天舉辦了女科舉，讓當年下凡的一百位花神在這裡湊齊了，她們的非凡榮譽傳到了天庭，氣得嫉妒的嫦娥下凡來找碴！

嫦娥和風姨也是違反天條偷偷下凡的，被這道姑幾句話點破，只好識趣趕緊離開，不敢再鬧事。

唐閨臣因此明白，入京趕考是她命定的旅程。也因為考試，才能夠把原來一百個下凡的姐妹花們找齊！

「包括前身是牡丹仙子的陰若花在內的姐妹們，都是天庭裡早已經熟悉的夥伴，難怪相見恨晚……」原本叫做唐小山的唐閨臣終於明白這一切，終於知道這兩個名字都是她，也都不是她，她是百花仙子。

放榜後逍遙的日子總有結束的一天。完成大事後，這些已經訂了婚的姑娘，就要紛紛出閣了。唐閨臣的弟弟唐小峰，娶了唐敖後來指定的媳婦駱紅蕖。也有不少人來跟唐閨臣說親事，但唐閨臣都以父親還沒有回來而推辭，堅持自己一定要出海再找父親一次。

這一次，又由經商的林之洋帶著她出海，她出海前，林婉如嫁了，陰若花早回國了，只有會武功的顏紫綃陪著她。

花了四個月的船程，林之洋等人又來到小蓬萊，然而，這一次不但沒有帶回唐敖，連唐閨臣和顏紫綃也不見了。原來她們兩個人塵緣已了，看破紅塵，本來就打算留在這裡修道不回去了。

林之洋左等右等，等了兩個月，找不到她們兩人蹤跡，明白唐敖事件又重演了一次。這兩人是心意已決了，只好揚帆回嶺南老家。

不久，武則天因爲神龍政變，被迫讓位給自己的兒子，國號又從大周變成了唐。同中科舉的百花仙子們，在塵世中過著不同的日子，她們都不是凡俗女子，這一世過完，總有一天會回到天庭，再次找回自己的使命。而現實世界，一切都是鏡中花，水裡月，終有一天，會成爲幻影，誰能夠說什麼是眞的，什麼是編造的故事呢？

花開花謝終有時，有緣必然能相聚。

—全書完—

Eurasian Publishing Group
圓神出版事業機構
用心與你對話．視野無限寬廣
圓神出版社
Eurasian Press
www.booklife.com.tw reader@mail.eurasian.com.tw

圓神文叢 291

吳淡如白話經典 鏡花緣：想像之極

新　　說／吳淡如
原　　著／李汝珍
出版經紀／廖翊君
發 行 人／簡志忠
出 版 者／圓神出版社有限公司
地　　址／臺北市南京東路四段50號6樓之1
電　　話／（02）2579-6600．2579-8800．2570-3939
傳　　真／（02）2579-0338．2577-3220．2570-3636
總 編 輯／陳秋月
主　　編／賴真真
專案企畫／賴真真
責任編輯／吳靜怡
校　　對／吳靜怡．歐玟秀．廖翊君
美術編輯／金益健
行銷企畫／黃惟儂
印務統籌／劉鳳剛．高榮祥
監　　印／高榮祥
排　　版／莊寶鈴
經 銷 商／叩應股份有限公司
郵撥帳號／ 18707239
法律顧問／圓神出版事業機構法律顧問　蕭雄淋律師
印　　刷／祥峰印刷廠
2021年2月　初版

定價 270 元　ISBN 978-986-133-742-5

如果中國古典小說中沒有《鏡花緣》，就像英美小說裡沒有《格列佛遊記》一樣。它沒有那麼常被提起，卻躺在一個安靜美好，不容忽略的角落裡。

——《吳淡如白話經典 鏡花緣》

國家圖書館出版品預行編目資料

吳淡如白話經典 鏡花緣：想像之極 / 吳淡如新說, 李汝珍原著. -- 初版. -- 臺北市：圓神出版社有限公司, 2021.02
144面；14.8×20.8公分 --（圓神文叢；291）

ISBN 978-986-133-742-5（平裝）

857.44 109020773